Esther Kiara de Angelo

Mein Natursekt und ich
Kurze Sexgeschichten

Alle Personen und Geschehnisse dieses Romans sind frei erfunden. Ähnlichkeit mit lebenden Personen und tatsächlichen Geschehnissen wäre rein zufällig.

1. Auflage
Copyright © 2013 by Esther K. De Angelo, Völklingen
Outside79@gmx.de
Herstellung und Verlag:
BoD - Books on Demand, Norderstedt

ISBN: 978-3-7322-4138-5

Inhalt: Seite

I.	Einleitung...................................	5
II.	Meine Fantasie............................	13
III.	Meine Schulfreundin*..................	23
IV.	Die ältere Nachbarin*..................	43
V.	An der Uni*..................................	57
VI.	Mein Nachtisch: Sekt und Kaviar......	73
VII.	Weitere Buchempfehlungen............	88

* Diese Geschichte wurde in ähnlicher Weise und einem anderen Titel bereits 2009 in meinem Buch „Esthers Gute Nacht Geschichten" veröffentlicht.

I. Einleitung

Mein Name ist Esther Kiara de Angelo.
Ich bin 34 Jahre alt und lebe seit sieben Jahren wieder allein in dem Haus, das mein verstorbener Mann mir hinterlassen hat.
Ich wurde im saarländischen Püttlingen geboren, wo ich bis zu meinem Abitur, an einem Völklinger Realgymnasium, lebte.
Einen Tag nach dem Abschluss, zog ich zu Hause aus, um an der Universität des Saarlandes BWL und Psychologie zu studieren.
In beiden Fächern habe ich ein Diplom erhalten.
Meine Kindheit und Jugend würde ich als „Gut" bezeichnen. Es könnte zwar immer besser sein, aber auch sehr viel schlechter. Es hat mir nie an etwas gefehlt.
Auch am Interesse an Sex und den verschiedenen Spielarten hat es mir nie gemangelt.
Meine ersten Erfahrungen mit Natursekt sammelte ich, wie wohl die meisten Leute, die sich damit beschäftigen, unter der Dusche.
Als ich in das „neugierige" Alter kam, ließ ich es gerne mal laufen, während ich mich gewaschen habe. Eines Tages kam ich dann aber auf die Idee, es mal ohne das laufende Wasser zu versuchen. Ich legte mich in die Duschwanne und ließ es sprudeln. Erst ein paar wenige

Tropfen, dann ein kleiner Schwall und dann den harten Strahl. Dabei lief es mir zuerst an einen Finger, später dann in die Hand und zuletzt versuchte ich mich selbst anzupinkeln, indem ich meinen Unterleib anhob und es mir auf den Oberkörper laufen ließ.

Das warme Gefühl dabei gefiel sehr und geilte mich total auf.

Nach einigen Tagen des ständigen Hin und Hers, der Zweifel, ob das nun eklig ist, was ich da mache, oder nicht - entschied ich mich dazu, es einen festen Bestandteil meines „Sexlebens" werden zu lassen.

Nachdem ich mich einige Wochen lang nur in der Wanne betätigte, und dabei herrliche Orgasmen erlebte, wollte ich mehr.

Zuerst zog ich einen Slip an und machte diesen nass. Während ich es mir dann selbst besorgte, hielt ich ihn mir unter die Nase und roch daran, was mir einen Extrakick gab.

Später wurde ich noch mutiger und ging nach draußen. Ich begann im Wald, abseits des Weges, zu urinieren, während Wanderer an mir vorbeiliefen. Ich stellte mir vor, dass sie mich beobachteten, und dass es sie eben so geil machte, wie mich.

Da dies nach einer Weile aber auch langweilig wurde, ging ich noch einen Schritt weiter. Ich ging an öffentliche Orte wie Bushaltestellen, Spielplätze, Bahnhöfe oder Sportplätze. Hier pinkelte ich dann unter den Augen der dort befindlichen Leute. Teils waren sie sehr erquickt darüber, teilweise erfuhr ich harte Beleidigungen und auch der eine oder andere Arschtritt war dabei. Aber das war es mir wert.

Weiterhin genoss ich es auch sehr, wenn ich im Sommer ein Röckchen oder ein Kleidchen tragen konnte, irgendwo mein Höschen einnässte, und dann für einige Stunden in der feuchten, riechenden Unterwäsche herumlaufen konnte. Gerne ging ich danach z.B. ins Kino oder in ein Schnellrestaurant und fingerte an mir herum, hielt mir meinen Finger unter die Nase und roch daran, um noch geiler zu werden.

So ging das etwa ein bis zwei Jahre lang, bis es mir zu langweilig wurde, diese Dinge immer alleine auszuleben. Ich wollte es mit jemand anderem zusammen genießen.

Aber woher sollte ich diesen jemand nehmen? Ich hatte zwar schon erste sexuelle Erfahrungen gesammelt, aber von meiner Seite her, war ich zu schüchtern, um eine Freundin oder gar einen Mann darauf anzusprechen.

Zum damaligen Zeitpunkt war ich immer noch der Überzeugung, dass es sich beim Natursektspiel um eine abartige, total perverse Neigung handelt, die außer mir vielleicht noch vier oder fünf anderen Menschen auf diesem Planeten gefällt.

Aber Gott sei Dank gehen Mädchen ja immer zu zweit auf Toilette.

Es begab sich während der großen Pause in der zwölften Klasse. Meine Freundin Melanie und ich mussten mal ganz dringend, und als wir die Mädchentoilette betraten, mussten wir feststellen, dass nur eine Kabine frei war, und so gingen wir gemeinsam hinein und da Melanie mir versicherte, dass sie viel mehr Druck auf der Blase hatte, als ich, durfte sie sich zuerst setzen.

Sie zog ihren kleinen rosa Slip nach unten und noch bevor sie sich niederlassen konnte, hörte ich es plätschern.

Sofort wurde ich geil. Ich konnte gar nicht sagen, wie mir geschah. Von einem Moment zum anderen wurde ich feucht. Außerdem hatte ich direkt das Gefühl, es auch nicht länger halten zu können. Melanie schaute zu mir auf und musste erkennen, dass ich ihr zwischen die Beine starrte. Meine 18-jährige Freundin begann zu grinsen.

»Was ist?«, fragte sie?

Ich erschrak.

»Nix!«, erwiderte ich.

»Dir gefällt es, wenn ich pinkel, oder – du Sau!«, sagte sie in einem ungewohnt bestimmenden Ton.

Mir lief es heißkalt den Rücken herunter. War mir das so peinlich. Was sollte ich dem bloß entgegnen. Damit hatte ich nicht gerechnet. Ich blickte ihr kurz ins Gesicht, konnte ihr verschmitztes Lächeln erkennen, und dann schaute ich nach links zur Seite. Ich wurde rot und entschied mich nichts zu sagen.

Dann war sie fertig. Sie griff sich drei, vier Blätter Toilettenpapier, wischte sich sauber und bevor sie es in die Schüssel fallen ließ, stand sie auf, roch am Papier, stöhnte kurz auf und hielt es mir entgegen.

>»Willst du mal riechen!«, fragte sie lüstern, wie ich sie noch nie erlebt hatte.

Erneut wusste ich nicht, wie ich reagieren sollte. Ich brachte meinen Ekel zum Ausdruck und meine Freundin spülte alles die Toilette herunter. Dann zog sie ihren Slip hoch und wir wechselten die Positionen.

Ich setzte mich und ließ es laufen. Die Situation war mir immer noch total peinlich. Ganz langsam und nur wenig verließ meinen Körper, obwohl ich wirklich dringend und viel musste.

Ich blickte vor mich auf den Boden, zur Seite, überall hin, nur nicht zu Melanie.

Dann kam der harte Strahl. Es plätscherte. Als dies geschah, begann meine Freundin sich in ihren Rock zu greifen und es sah so aus, als würde sie sich streicheln. Dies erkannte ich, als ich kurz aufsah und meinen Blick sofort wieder auf den Boden richtete.

Sie lachte. Sie lachte mich aus.

>»Was soll das denn, mein Liebling?«, sagte sie lachend, »Ist dir das peinlich?«

Sie machte eine kurze Pause und wartete auf meine Reaktion, die allerdings ausblieb. Ich blickte weiterhin Löcher in den Boden und vermied es sie anzusehen.

»Naja, du bist ja auch noch jung!«, sagte sie dann ernst.

»Ich bin vier Monate älter als du!«, entgegnete ich.

»Und trotzdem bin ich sexuell gesehen viele, viele Jahre reifer als du, mein Liebling!«

Dem hatte ich nichts entgegenzusetzen. Schweigend und verschämt beendete ich meine Sache, wischte mich ab, und, nachdem ich mir die Hände gewaschen hatte, verließ ich schweigend die Toilette. Auf dem Schulhof angekommen, begann Melanie erneut zu lachen. Sie packte mich von hinten an den Schultern, ich drehte meinen Kopf zu ihr, sie drückte mir einen flüchtigen Kuss auf den Mund und erklärte mir lachend, dass das Pipispiel eine heiße und geile Sache ist. Während sie das sagte, wechselte sie in einen sehr erotischen Tonfall und hauchte mir entgegen, dass ich bestimmt auch bald soweit sein werde, dass zu erkennen. Dann hielten wir beide an, sie ließ meine Schultern immer noch nicht los und blickte mir tief in die Augen.

»Es wird kommen eine große Nässe, Fräulein!«, sagte sie ernst, musste dann

laut lachen, und ging alleine zurück in die Klasse.
Ich blieb noch eine Weile wie versteinert auf dem Schulhof stehen. Gedankenleer, überfordert und unsicher, was da gerade passiert war.

II. Meine Fantasie

Als ich zu Hause ankam, war niemand da. Meine Mutter war bei einer Freundin, die heute Geburtstag hatte, mein Vater war arbeiten und meine Schwester vergnügte sich mit ihrem Freund, in dessen Wohnung.
Ich war immer noch verwirrt und unsicher. Was war denn da auf der Toilette los!?
Und warum bin ich nicht darauf eingegangen?
Als ich mich ins Wohnzimmer setzte und über diese Sache nachdachte, war mir klar, dass dies genau das war, was ich schon seit längerem erleben wollte. Ich ärgerte mich. Ich ärgerte mich über mich selbst. Schon wieder passierte es! Schon wieder war es so, dass ich meine Fantasien nicht realisieren konnte. Diesmal lag es aber nicht an den anderen, oder daran, dass Realität und Fantasie zwei verschiedene Dinge sind (*Anmerkung: Ein ähnliches Problem hatte ich auch in anderen sexuellen Bereichen, die ich in meinem Buch „Meine Herrn und ich" näher erläutere*).
Nein! Diesmal lag es an mir. An meiner Feigheit. An meiner fehlenden Spontanität.
Aber, wie immer in so einer Situation, hatte ich etwas, was mir half, Dinge, die mir wichtig waren, auszuleben: Meine Fantasie.
Also bitte:

Um der Situation gerecht zu werden, ging ich in mein Zimmer und holte meine Gummipuppe, die ich Melanie nannte, hervor, und zog ihr ein helles Shirt und einen Minirock an.

Aufgeblasen war Melanie in der Hündchenstellung, sodass ich sie gut auf die Toilette setzen konnte.

Weiterhin nahm ich einen schönen Dildo aus meiner Spielkiste unter dem Bett hervor.

Jetzt begab ich mich in unser Badezimmer im ersten Stock. Ich stellte mich vor die Toilette und öffnete selbige, indem ich den Deckel aufklappte. Dann setzte ich meine „Freundin" auf den Pott, schloss meine Augen und stellte mir vor, dass die echte Melanie vor mir sitzen würde.

Ich trug immer noch mein weißes Top und das rote Röckchen mit dem schmalen Gummibund vom Vormittag. Den Dildo legte ich erst einmal auf die Seite.

Ich schloss meine Augen und ließ einen Finger in mein Röckchen gleiten. Sofort stellten sich meine Nippel auf und in meinem Schoß wurde es feucht. Langsam begann ich meinen Kitzler zu reizen und stellte mir dabei die Szene von heute Morgen ein weiteres Mal vor:

> »Was schaust du mich denn so geil an, mein Liebling?, fragte Melanie, als sie anfing zu pinkeln.

»Ich bin total geil darauf, dir beim Pissen zuzusehen, du geile Sau!«, sagte ich forsch.

»Ich stehe total darauf, wenn man mich nass macht, meine Süße.«, erklärte meine Freundin.

»Dann werde ich dir jetzt eine Freude bereiten, Mel!«, erwiderte ich.

Ich stellte mich ganz nah vor Melanie hin und begann ihr auf die Kleider zu pinkeln. Zuerst ließ ich nur ein paar Tropfen los, dann einen ersten kleineren Schwall, dem alsbald ein harter Strahl folgte. Dabei kam sie mit ihrem Gesicht ganz nah an meine feuchte Möse, damit sie den Urin erst mit ihrem Mund aufnehmen und dann an ihrem Körper herunterlaufen lassen konnte.

Der Anblick, wie ihre helle Oberbekleidung immer feuchter und durchsichtiger wurde, machte mich total heiß. Mit einer Hand begann ich meinen Busen zu reiben und meine harten Nippelchen zu drücken. Gierig nahm Melanie jeden Tropfen, der meinen Körper verließ, auf und pinkelte dabei ihrerseits vor die Schüssel auf den Boden. Laut plätscherte ihr Strahl, der teilweise an meine Beine ging und zum anderen Teil gegen die Tür an der Toilettenkabine lief.

Während ich sie durchnässte, wurde ihr helles Top komplett durchsichtig und ich konnte durch den weißen Spitzen-BH ihre kleinen Höfe und Knöpfchen sehen.

Ich rieb meinen Kitzler nun etwas intensiver und kleine „Blitze" durchliefen meinen Unterleib.

»Das ist so geil!«, stöhnte ich.

»Das habe ich mir schon seit langem gewünscht!«, war Melanie geständig und begann meine letzten Tropfen aus mir herauszusaugen.

Dabei leckte sie mich und ich packte ihre Haare und zog sie noch näher an mich heran.

»Du schmeckst herrlich, mein Liebling!«, lobte sie mich, stand auf und gab mir einen intensiven Zungenkuss.

Dabei schmeckte ich meine Pisse in ihrem Atem.

»Ich will auch!.«, war alles, was ich sagen konnte, kniete mich nieder und begann auch damit sie sauber zu lecken.

Der salzige Geschmack und der Geruch nach ihrem Sekt ließen mich begierig an ihren Lippen saugen und lecken.

Auch meine Freundin ließ ihrer Lust freien Lauf und stöhnte laut auf. Mit einer Hand fingerte ich mich selbst und mit der anderen hielt ich mich an ihrer linken Pobacke fest, in die ich meine langen Fingernägel eingrub.

Zu meiner großen Freude drückte Melanie noch einen letzten Schwall Sekt aus sich heraus, den ich gerne und vollständig in mich aufnahm und schluckte.

Ich stand nun wieder auf, fasste dabei ihr feuchtes Oberteil an und ließ meine Zunge darüber gleiten, um noch mehr Urin schmecken zu können. Dabei griff ich mit beiden Händen nach ihren schönen, kleinen B-Körbchen Brüsten und knetete sie leicht. Dann erreichte meine Zunge ihren Mund und wir küssten uns leidenschaftlich, wobei wir begannen, uns gegenseitig die Oberteile auszuziehen.

»Ich will dich - jetzt! Jetzt und hier und gleich!«, stöhnte Mel und machte sich daran, meinen Busen mit ihrem Mund zu verwöhnen.

Sie griff nach meiner linken Brust und führte meinen Nippel in ihren Mund. Zuerst saugte sie zärtlich daran und dann begann sie an ihm zu knabbern. Erst den linken und dann liebkoste sie meinen rechten Busen. Dabei kratzte ich ihr leicht über den Rücken.

»Leg dich in meine Pisslache! Ich will es dir in meiner Pisse machen!«, hauchte sie mir entgegen und ich erwiderte ihr, dass sie mich ficken soll!

Sie sollte mich hart in ihrem Sekt nehmen.

»Ich werde dir meine ganz Faust in die Möse schieben!«

»Ich habe hier etwas besseres!«, sagte ich ihr und packte einen Strapon und Gleitcreme aus meiner Handtasche aus, die ich mit auf die Toilette nahm.

In der Realität legte ich mich nun in meinen eigenen Sekt auf dem Badezimmerboden, ließ mein Oberteil dabei an, zog „Melanies" nasses Top aus, hielt es mir mit einer Hand vors Gesicht und führte mir den Dildo in mein nasses Fickloch ein.

Ich legte mich auf den Rücken, winkelte meine Beine an und wartete darauf, dass meine Freundin sich „angezogen" und präpariert hatte, um es mir nach allen Arten der Kunst richtig zu besorgen.
>>Ich werde dich rammeln, wie noch niemand vor mir!«, versprach sie mir und führte meinen Plastikfreund alsbald in mich ein.

Erst machte sie langsam und dann drang sie immer fester, schneller und tiefer in mich ein. Melanie beugte sich über mich und packte mich an den Schultern um einen Gegendruck gegen ihre heftigen, tiefen Stöße zu haben. Ich stöhnte und schrie und forderte sie auf, es heftiger zu tun. Dabei konnte ich unter der Toilettentür hindurchsehen und erkennen, dass sich einige Mitschülerinnen im Toilettenraum versammelten und uns zuhörten. Der Gedanke daran, dass wir soviel Publikum hatten, ließ die Sache gleich nochmal so geil sein. Laut stöhnte und schrie ich, wie geil sie mich nehmen würde. Wie sehr es mich erregte, in ihrer Pisse zu liegen und hart von ihr genommen zu werden. Dies motivierte

Melanie dazu mir zu erklären, was für eine verdorbene, geile Sau ich wäre. Ich wäre ihre Ficksau und das sollte ich ihr nun sagen.

Ich tat es. Dabei kratzte ich ihr über den Rücken. Fest und heftig zog ich meine langen Fingernägel über ihr Kreuz. Teilweise machte sie das noch geiler, teilweise tat es ihr weh, aber das machte nichts. Sie poppte mich immer weiter. Immer heftiger, immer tiefer. Dann wollte ich, dass sie mich von hinten rannimmt. Ich stand auf, der Urin tropfte von meinem Rücken und während ich mich in die Hündchenstellung begab, beugte sich Melanie über mich und leckte mir über den Arsch nach oben zu den Schultern. Sie lobte meinen kleinen, festen Apfelpo, bevor sie dann erneut in mich eindrang, mich an den Hüften packte und ebenso heftig mit mir rammelte, wie zuvor. Tief drang sie in mich ein und bewegte mich kräftig hin und her. Manchmal stieß ich mit dem Kopf gegen die Toilettentür, aber das machte nichts. Sie packte mich an den Haaren und zog daran. Auch das steigerte meine Lust nur noch mehr. Ich schrie erneut laut auf und forderte sie auf, mehr zu geben. Ich wollte explodieren in meinem Meer von Orgasmen. Ich wurde total ungehemmt und stöhnte ihr entgegen, dass sie der geilste Rüde wäre, den ich je in meiner geilen Fotze drin hatte. Sie entgegnete mir, dass ich die geilste Ficksau wäre, die sie jemals benutzt hätte. Dann begannen die ersten Mitschülerinnen an die Toilettentür zu klopfen.

In der Realität war es meine Mutter, die früher nach Hause kam und an die Tür klopfte, aber ebenso wie in meiner Fantasie, so war es mir auch in Echt egal gewesen. Ich war so in meinen Gedanken versunken, dass mir erst hinterher bewusst wurde, dass es tatsächlich ein Türklopfen gab.

Wir machten einfach weiter. Dann war ich kurz davor, einen heftigen Orgasmus zu erleben. Ich forderte Melanie auf weiter zu machen, alles zu geben und mich noch härter zu stoßen. Sie tat es. Sie packte mich erneut an den Haaren, und als ich meinen Höhepunkt erlebte, stieß sie mich wie eine Fickmaschine. Ich spürte, wie er langsam kam, wie **er** mich innerlich erbeben ließ, bis ich meine Gefühle nur noch lauthals aus meinem Rachen rausschreien konnte. Dabei forderte mich meine Fickerin immer wieder und immer weiter auf, mich noch mehr gehen zu lassen. Ich sei ihre kleine Hure, ihr Fickstück, ihr kleines Spielzeug, mit dem sie alles machen konnte, was sie wollte.

Dann war es vorbei. Wild keuchend und nach Luft schnaubend lag ich im Badezimmer meiner Eltern und rang nach Luft. Ich ließ den Dildo aus mir rausgleiten und blieb noch gut und gerne fünf Minuten lang in meinem Urin liegen und war völlig geschafft. Man war das eine Nummer! So heftig kam es mir noch nie.

Nachdem ich den Boden mit einem Lappen gereinigt und wieder alle Spielsachen in meinem Zimmer verstaut hatte, hörte ich noch etwas Musik, da ich ja immer noch glaubte, alleine zu Hause zu sein. Erst als ich etwa eine Stunde später nach unten in die Küche ging, um mir ein Glas Wasser zu holen, und ich den Blick meiner Mutter wahrnahm, wurde mir klar, dass ich mir das Klopfen nicht eingebildet hatte, sondern dass sie es war, die das Geräusch an der Tür verursachte. Sofort drehte ich mich um und verschwand wieder in meinem Zimmer. Meine Mutter hatte mich aber Gott sei Dank nicht mehr auf den Vorfall angesprochen.

Bald sollte meine erotische Fantasie aber Wirklichkeit werden. Es begab sich etwa eine Woche nach dem Vorfall auf der Toilette.

Wir befanden uns am letzten Schultag vor den Weihnachtsferien, bei Melanie zu Hause. Am nächsten Tag fuhr ihre Familie, wie jedes Jahr um diese Zeit, nach Österreich. Dort mieteten sie eine kleine Hütte und fuhren Ski und feierten ins neue Jahr hinein.

Es schneite an jenem 20.12. heftig und wir waren noch ein wenig shoppen, um die letzten Weihnachtsgeschenke zu besorgen. Als wir das Haus ihrer Eltern erreichten, waren diese ebenfalls noch unterwegs und wir waren völlig nass und durchgefrostet, da wir weder einen Schirm noch sonderlich gute Winterklamotten trugen – Mann hat ja schließlich auch bei schlechtem Wetter ein Recht darauf unsere geilen Körper begutachten zu dürfen, damit Mann weiß, was er gerne hätte, aber nie haben wird ;-)

III. Meine Schulfreundin

Draußen sind es etwa drei Grad und es schüttet wie aus Kübeln, als wir Melanies Elternhaus betreten.

Meine Freundin ist etwa 1,75 Meter groß, wiegt zirka 63 Kilo und hat lange, dauergewellte, braune Haare. Ich bin 1,74 m groß, wiege etwa 56 Kilogramm, habe blonde Haare, die bis zur Gürtellinie reichen, leuchtend blaue Augen, schmale, helle Augenbrauen und BH-Größe 75c. Ich trage rote, künstliche Fingernägel, bin im Schritt immer rasiert, habe relativ lange, dünne Beine und Schuhgröße 38.
Dreimal in der Woche begeben wir uns gemeinsam ins Fitnesscenter, treiben Kampfsport und genießen zweimal in der Woche die Sauna im Keller meiner Eltern.
Mel trägt heute eine blaue, enge Jeans, weiße Turnschuhe, ein blaues T-Shirt und eine beige Lederjacke. Ich kleide mich am heutigen Tag mit einer weißen Bluse, einer schwarzen Jeans und Sportschuhen.
Als wir das Haus betreten sind wir völlig durchnässt.
Bei mir schimmern die spitz nach oben stehenden Brustwarzen durch das weiße Oberteil.

»Ich geh direkt unter die Dusche.«, bemerkt Mel.

»Dann beeil dich aber! Ich will auch so schnell wie möglich eine heiße Dusche nehmen.«, erkläre ich.

Während ich dies äußere, sieht Melanie mit ihren leuchtend blauen Augen ganz tief in meine.

»Wieso duschen wir nicht gemeinsam?«, fragt die Brünette verschmitzt lächelnd.

Etwas überrascht schaue ich zu meiner Kumpanin. Nach ein paar Sekunden muss sie laut lachen.

»Das meinst du doch nicht ernst, oder?«

»Wieso denn nicht?«, fragt Melli und fährt mir durchs nasse, blonde Haar.

Ich bin etwas verunsichert.

»Du spinnst doch! Das können wir doch nicht machen!«

Ich sehe Melanie an und erwarte eine Reaktion auf meine Bemerkung, aber es kommt zuerst mal keine.

»Wieso denn nicht?«, beginnt die Brünette, »Hast du noch nie die Fantasie gehabt, mal mit einer Frau zu duschen? Ihr den Rücken einzureiben und ihre weichen, runden Brüste mit einem Stück Seife zu berühren!? Und wie war das letzte Woche auf der Toilette!? Tu doch jetzt nicht so scheinheilig – FRÄULEIN!«, fährt sie nun in einem ernsteren Ton fort.

Sie greift nach meiner linken Hand und lacht erneut.

»Ich habe das schon mal gemacht! Im letzten Jahr!«, sagt Melli.

»Echt!? Mit wem?«, erkundige ich mich.

»Mit Saskia! Die aus meinem Spinnigkurs.«, beginnt sie ihre Geschichte, während wir in ihr Schlafzimmer gehen und uns auf ihr Bett setzen. »Wir haben damals ein klein wenig experimentiert.«

»Klingt ja geil!«, erwidere ich, »Was habt ihr denn gemacht?«

»Oh ja, das war es auch. Wir waren bei ihr zu Hause und hatten Currywurst gegessen. Mir ist meine Schale aus der Hand gefallen und das ganze Zeug landete auf Sassys Beinen. Wir sind ins Bad gegangen und sie fing an ihre schönen, schlanken, anscheinend niemals endenden Schenkel zu säubern. Der Anblick dieser schönen Beine hat mich total erregt. Als ich ihren Körpergeruch wahrnahm, wurde ich richtig feucht zwischen meinen Schenkeln.«

Meine Augen werden mit jedem Wort, das über den volllippigen Schmollmund meiner Freundin kommt, größer. Ich gehe etwas näher an Melli heran und lausche der Erzählung der anderen Frau gespannt weiter.

»Ich begann ihre Beine zu streicheln. Sie trug an diesem Tag einen kleinen, roten Ledermini, ein weißes, viel zu enges Top und einen weißen Spitzentanga. Sie sah zu mir runter und sagte: „Komm, küss meine Beine – bitte!" Ich näherte meinen Kopf an ihre Schenkel, ohne groß darüber nachzudenken. Langsam begann ich sie zu küssen. Ich fing bei den Knien an und arbeitete mich langsam zu ihren Schenkeln hoch, während Sie durch mein Haar streichelte.«

Ich sitze nun unmittelbar neben meiner Freundin.

»Und dann?«, frage ich neugierig.

»Als ich am Bund ihres Rockes ankam, zog sie mich langsam an meinen Haaren hoch. Sie war etwa zehn Zentimeter größer als ich. Ihr gut proportionierter Körper schien endlos. Ich sah ihren tollen Bauchnabel und ihre genau richtig gebauten Brüste auf dem Weg zu ihrem Erdbeermund. Sie zog mich an sich heran und gab mir einen Zungenkuss. Ganz tief steckte sie ihre Zunge in meinen Mund und danach widmete sie sich dann meinen Brüsten. Ich trug damals keinen BH. Sofort stellten sich meine Nippel. Sie zog mir mein T-Shirt aus und begann an meiner linken Brust zu saugen. Dann wechselte sie zu der anderen. Etwas später gab sie mir erneut einen Zungenkuss. Während sie das tat, griff sie mit ihrer linken Hand unter meinen Mini. Nun wollte ich sie auch berühren, wofür ich ihr das Top auszog. Ich sah, wie ihre festen Brüste hierbei etwas nachwippten. Das war das Erregendste, was ich bis dahin gesehen hatte. Ihre kleinen Höfe und diese tollen, großen Brustwarzen - über die ich mich sofort hermachte. Sie begann zu stöhnen. „Komm beiß mich", sagte sie völlig erregt und ich tat es. Zuerst knabberte ich an der linken und dann an ihrer rechten Brust. Währenddessen hatte sie mein Höschen etwas nach unten gezogen. Dann begann sie meine feuchte Muschi mit einem Finger langsam zu streicheln. Mein Herz begann zu rasen. Kurz darauf startete ich damit ihren Hals zu liebkosen. „Oh ja!", stöhnte sie, während ich ihr kleine, runde Knutschflecken machte. Danach steckte sie einen ihrer Finger in meine feuchte Spalte. Ich konnte nicht anders. Ich begann laut zu stöhnen. Und je lauter ich wurde, desto schneller bewegte sie ihn in mir hin und her. Ich hielt mich an ihrer Schulter fest und knutschte sie immer doller an ihrem Hals. Etwas später nahm sie einen zweiten Finger hinzu, woraufhin meine kleine Pflaume auszulaufen begann. „Moment!", sagte sie, bückte sich und fing an meinen Saft von meiner Muschi zu saugen. Hierbei entdeckte ich zum ersten Mal den Spiegel, der uns gegenüberstand. Hier sah ich, wie dieses Prachtweib vor mir kniete. Ich erblickte ihren süßen Po. Ich war nun im siebten Himmel. „Steck mir deine Zunge rein", flehte ich. „Ich habe eine bessere Idee", erwiderte sie. „Leg dich auf den Boden." Ich tat es. „Mach die Beine breit!", bat sie. Dann nahm sie ihre vier Finger der linken Hand und schob sie langsam in mein Paradies. So ein Gefühl, wie in diesem Moment, hatte ich noch nie erlebt. Noch nie zuvor war ich so ausgefüllt gewesen. Ich sah ihr ins Gesicht und mit meinen Händen hielt ich ihren Arm, damit sie ihre Finger ja nicht aus mir herausnahm, bevor ich meinen Höhepunkt erreicht hatte.

Immer wieder bewegte sie ihre Hand in mir hin und her und her und hin. „Schneller! Komm, mach schon!", flehte ich. „Ja, komm, mach schneller." Ich spürte nun, dass es gleich soweit sein wird. „Mach schneller!", stöhnte ich. „Hör nicht auf! Komm schon, mach es

mir!" Und kurz darauf überkam mich eine riesige Orgasmuswelle, wie ich sie noch nie erlebt hatte. Es schien gar nicht mehr zu enden. Ich schrie vor Lust. „Ja, komm! Lass es raus!", unterstützte sie mich und ich stöhnte immer lauter. Die Zeit schien stillzustehen. Solche Gefühle hatte ich noch nie erlebt.
Als ich meinen Höhepunkt hatte, legte ich meinen Kopf erschöpft auf den Boden. Ich war völlig aus der Puste. Langsam nahm sie lächelnd ihre Hand aus mir heraus und gab mir sanfte Küsse auf meine Lippen. Den Muschisaft an ihrer Hand verteilte sie auf meinem Bauch. Dann zog sie sich ihren Rock aus und legte sich mit ihrem Rumpf auf den meinen, rieb ihren Köper auf mir und begann mich zärtlich am Hals zu liebkosen. Meine Hände griffen um ihren kleinen Apfelpo. Ich streichelte ihn. „Zwick mich", forderte Saskia. Etwas zaghaft begann ich es zu tun. „Fester, du geiles Stück!", sagte sie lächelnd. Ich tat es. Daraufhin gab sie eine Art erregtes Quieken von sich. „Fester - noch viel fester!", verlangte sie weiter und ich gehorchte. Nun begann sie laut zu stöhnen und ich packte fest an ihre Backen. Sie begannen rot zu werden, so fest griff ich zu. Sie öffnete dann ihren

Mund und ließ etwas von ihrer Spucke auf meine linke Wange laufen. „Siehst du, ich bin ein versautes, böses Mädchen!", hauchte sie mir entgegen. Ich grinste und nickte. „Schlag mich!", befahl sie mir und leckte gleichzeitig ihre Flüssigkeit wieder von meiner Wange ab. „Du sollst mich schlagen, hab ich gesagt." Ich tat es zaghaft, da ich nicht wusste, wie fest sie es haben wollte. „Fester!", sagte sie, „Viel fester, ich brauch das! Na los, schlag mich richtig fest!"

Also holte ich aus und es gab ein richtig lautes Geräusch, als meine Hand auf ihrem Po aufprallte. Sofort begann sie laut zu ächzen. „Noch mal - und viel fester!", forderte sie. Ich tat es. Erneut schrie sie ihre Lust heraus. Insgesamt schlug ich sechsmal auf jede ihrer Pobacken und sie wurde mit jedem Kontakt geiler. „Hmm - du bist gut, Melli!", lobte sie mich. Immer wenn meine Hand ihren Hintern traf, wippten ihre Brüste gegen die meinen und wir züngelten, was das Zeug hielt. Noch immer schlug ich auf ihr Hinterteil, dann sagte sie: „Los, komm mal mit." Sie stand auf, griff meine Hand und zog mich hoch. „Wir gehen jetzt ins Bad." Als sie vor mir herrannte, konnte ich sehen, dass ich ihre

beiden Backen feuerrot geschlagen habe. „Tut das nicht weh?", erkundigte ich mich. „Doch, aber das ist ein geiler Schmerz!", sagte sie lachend.
Als wir im Bad ankamen, es ist eines mit einem weiß gefliesten Fußboden gewesen, stellte sie sich vor mich, machte die Beine weit auseinander und drückte meinen Kopf nach unten. „Leck mich!", befahl sie. Sofort ging meine Zunge an ihre Schamlippen. Sie begann zu stöhnen. Etwa eine halbe Minute lang, ließ ich meine Zunge durch ihre feuchte Grotte wandern. Dabei griff ich mit meinen beiden Händen nach ihren Pobacken und rieb sie. Die waren immer noch ganz warm von den Schlägen, die ich ihr verpasst hatte. „Gleich.", stöhnte sie. „Gleich - ja, ja." Ich dachte sie würde bereits kommen, aber das, was da kam, war etwas, was ich vorher auch noch nie beim Sex erlebt hatte. „Ja, ja - jjjjetzt", stöhnte sie und plötzlich verspürte ich eine warme Flüssigkeit, die zum Teil in meinen Mund lief und zum Teil daran vorbei, über mein Gesicht, hin zu meinem Hals, über meine Brüste, den Bauch, hinunter zu den Beinen und dem Boden. Ich war sofort begeistert. Der warme Natursekt, der direkt aus ihrem geilen

Körper auf mich herunterlief, ließ mich erneut geil werden. So leckte ich sie weiter. Ich versuchte soviel ihres heißen, gelben Strahls in mich aufzunehmen, wie ich konnte. Dann überkam es mich auch. Ich strullerte einfach auf den Boden. Saskia beobachtete dies mit Freude und bezeichnete mich als geile, perverse Kuh, was mir im konkreten Fall sehr schmeichelte. Meine linke Hand wanderte währenddessen an meine pullernde Muschi. Noch nie zuvor hatte ich meinen eigenen Natursekt angefasst. Es war herrlich. Es machte mich so geil, als hätte ich nicht erst vor fünf Minuten meinen letzten Höhepunkt gehabt, sondern vor fünf Jahren. Dann versiegte ihr warmer Strahl. Sie beugte sich zu mir herunter. „Hat dir das gefallen, meine Süße?", fragte sie und schob mir ihre Zunge in den Hals. Ich grinste und nickte. Dann legte sie sich mit dem Rücken auf den Boden - mitten hinein - in die Pisse. Sie verrieb sie auf sich, dann drehte sie sich um und tat dasselbe mit ihrer Vorderseite. Dabei stöhnte sie lustvoll: „Ist das geil!". Danach nahm sie mit ihrer rechten Hand etwas Urin auf und ließ ihn sich in den Mund laufen. Beinahe hätte ich bereits vom Zusehen einen Höhepunkt bekommen.

Da entdeckte ich eine große, runde Haarbürste mit einem dicken, silbernen Griff. Ich nahm ihn in die linke Hand und ging mit meinem Kopf an ihren Hintern, den ich sanft küsste. Dann brachte ich sie in die Hündchenstellung. „Was tust du da?", fragte Saskia neugierig. „Ich hab da auch ein paar ganz geile Ideen!", sagte ich grinsend, nahm den Griff von dem Kamm in den Mund und steckte ihn ihr danach in ihre feuchte Vagina. „Oh ja!", hauchte sie. „Tiefer - oh ja!", fuhr sie fort. Und ich steckte ihr das Ende des Gegenstandes immer tiefer in ihr feuchtes, auslaufendes Loch. Mit ihrem Oberkörper badete sie weiter im Natursekt. Immer wieder ließ sie ihre Brüste darin versinken.

Dann kam mir eine noch bessere Idee. Während ich sie weiter mit dem Kamm einem Höhepunkt näherbrachte, griff ich mit der anderen Hand nach einer Hautcreme, die auf einem kleinen Schränkchen unter dem Waschbecken lag. Ich schmierte mir einen Finger damit ein und steckte ihn danach in ihren Arsch. „Du Sau!", schrie sie erregt. Dann krümmte ich meinen Finger in ihr. „Oh ja, das ist geil, mach weiter!", bat sie. „Warte mal!", sagte ich und nahm den Kamm aus ihrem feuchten Paradies. „Gib mir mal eine von deinen Händen!", bat ich Saskia. Sie gab mir ihre rechte. Ich führte drei ihrer Finger in sie ein und den Kamm, den ich währenddessen mit der Creme bearbeitet hatte, führte ich in ihren Po ein. „Boah, ist das geil, mach weiter!", lobte sie mich. Und ich tat es. Immer schneller bewegte sie ihre Finger und ich tat es ihr mit meinem speziellen Freudenspender gleich. Sie war nun kurz davor zu kommen. Immer lauter schrie sie ihre Lust heraus, bis sie dann mit heftigen Unterleibsbewegungen ihren Höhepunkt sichtbar machte. Beinahe hätte ich den Kamm nicht mehr richtig halten können, so kam es meiner Freundin. Sie wackelte eine ganze Weile herum, bis sie dann in den Natursekt niedersank. „Oh man, war das eine Nummer!", stellte sie erschöpft fest.

Dann platzierte ich mich neben ihr auf dem Boden. Wir lagen beide auf dem Bauch und sahen uns an. Danach mussten wir lachen. Wir küssten uns. „Und wer macht hier die Sauerei wieder sauber?", fragte ich, woraufhin sie begann, mit ihrer Zunge über den Boden zu lecken. Dann sagte sie: „Das machen wir später sauber!

Jetzt duschen wir zuerst mal!" Wir standen beide auf und stellten uns in die Kabine.«

»Und was ist dann passiert?«, frage ich.

»Das würde ich dir gerne live zeigen!«, sagt Melanie schmunzelnd, nähert sich mir und beginnt damit mir auf die Wange zu küssen.

Immer wieder berührt mich ganz kurz. Ich lächel sie an und frage naiv:

»Ist das wirklich so toll?«

»Ja, das ist es!«, haucht mir Melli entgegen und leckt mir über die Wange.

»Na gut!«, sage ich und wir gehen ins Bad.

Vor der Dusche angekommen, entkleiden wir uns.

»Ich bin ein bisschen nervös!«, äußere ich.

»Das legt sich.«, entgegnet meine Freundin und streichelt mir über die Schultern.

Dann küsst sie meinen Hals. Ich beginne zu stöhnen und kurz darauf besteigen wir die Duschwanne. Melanie greift nach dem Duschkopf, dreht das Wasser auf und beginnt mich zu waschen.

»Zuerst deine tollen Brüste!«, beginnt sie, »Dann deinen sexy Bauchnabel. Danach kommt dein schönstes Teil dran!«

Sie hält ihren Kopf vor meine Vagina. Sofort drücke ich sie näher an mich heran und sie berührt mich mit ihrer Zunge.

»Das ist so gut!«, hauche ich meiner Freundin total erregt entgegen.

Melli lächelt:

»Habe ich's dir nicht gesagt? Nur Frauen wissen, wie es Frauen wirklich wollen!«

Nun greife ich der Freundin meinerseits zwischen die Beine. Melli steckt zwei ihrer Finger in meine Muschi. Wir machen es uns nun gegenseitig. Immer schneller, immer tiefer bewegen wir unsere flinken Fingerchen im Körper der anderen. Dabei sehen wir uns tief in die Augen. Immer lauter werden unsere lustvollen Geräusche. Hin und wieder geben wir uns intensive Zungenküsse.

»Ja, komm, mach schon, schneller, tiefer!«, flehe ich, »Los, mach schon.«

»Ja, ich mach`s dir, du kleine Sau«, stöhnt Melli.

Nun nimmt diese noch den dritten und vierten Finger hinzu. Sofort schreie ich meine Lust laut heraus.

»Oh ja!«.

Dann kralle ich mich an ihrem Rücken fest. Ich bin jetzt kurz vor meinem Höhepunkt und höre auf Melli auf zu streicheln. Ich küsse sie. Immer wieder berühren meine Lippen ihren Hals und die Wangen der Brünetten.

»Hör nicht auf, oh ja, komm schon, ich bin so geeeil! Oh ja, komm schon, gleich, gleich, glei ... oooh«, stöhne ich immer wieder, als ich auf dem Weg zu meinem ersten realen Orgasmus durch eine andere Frau bin.

Als ich nun meinen ersten gleichgeschlechtlichen Höhepunkt erreiche, fühle ich mich wie im siebten Himmel. Ein gigantischer Orgasmus, wie ich ihn nicht mal beim Masturbieren erlebt habe, spüre ich langsam aber gewaltig in mir hochkommen. Ich kralle mich noch fester an Mels Rücken fest.

»Ja, ja – jetzt!«

Melli bewegt ihre vier Finger immer schneller. Ich werde etwas wackelig auf den Beinen, als ich meinen Höhepunkt erreiche.

Nachdem es mir gekommen ist, lässt Melanie ihre Finger nun etwas langsamer in mir hin und her gleiten, bis sie diese nur noch in meiner der Vagina verweilen lässt. Sie sieht mich liebevoll an. Ich beginne zu lächeln.

»Das war der absolute Hammer!«, sage ich mit schwerer Atmung und rasendem Herzen.

Melanie erwidert mein grinsen. Ich umarme sie und wir küssen uns gut eine halbe Minute lang. Immer wieder lassen wir unsere Zungen miteinander spielen.

»Jetzt bist du aber dran, meine liebe Mel!«

»Okay!«

»Komm, knie dich runter! Ich habe da was ganz besonderes für dich!«

In freudiger Erwartung kniet sich die Brünette vor meine Vagina. Sie streckt ihre Zunge raus, und dann beginne ich zu pissen. Sofort schiebt Melli ihren Mund ganz dicht an meine Quelle. Sie schluckt alles, was da kommt.

»Schmeckt`s?«, erkundige ich mich.

»Oh ja, sehr gut!«, antwortet sie.

Dann lässt Melanie ihren Mund volllaufen und spuckt den Natursekt zurück auf meine Möse.

»Das ist herrlich warm!«

»Jaaaha!«

Kurz darauf versiegt die warme Quelle. Melanie leckt mich sauber.

»Jetzt wirst du gewaschen.«, sage ich mit leuchtenden Augen, während sich Melanie umdreht.

Diese steht nun mit dem Rücken zu mir. Ich nehme die Seife und beginne ihr von hinten her den Oberkörper einzureiben.

»Zuerst die eine und dann die andere Seite.«, sage ich.

Melli lacht.

»Ja, mach sie schön sauber, meine beiden Prachthügel.«

Dann wandert das Stück Lauge weiter nach unten zur Scheide der jungen Frau.

»Jetzt wird es schön!«, bemerke ich und beginne damit die Seife über Mellis empfindlichste Stelle zu reiben.

Mel stöhnt. Dann wird die Seife ein kleines Stück weit eingeführt. Melanie schließt ihre Augen und genießt es. Einen Finger meiner anderen Hand stecke ich nun ganz vorsichtig in die Analöffnung meiner Freundin.

»Was machst du denn, du Sau?«, fragt Mel schwer atmend.

»Ich nehm dich jetzt von hinten und von vorn. Wie du`s verdient hast!«

Ich bewege den eingeführten Finger nun ein bisschen hin und her. Mel beginnt zu zucken.

»Das ist so toll. Nimm noch einen.«

Ich tue es. Die Brünette greift nun nach der Seife und wirft sie in die Duschwanne.

»Sauber genug! Es wird Zeit, dass ich wieder dreckig werde!«, haucht sie.

Ich küsse zärtlich den Nacken meiner Freundin, die nun drei ihrer Finger in ihre eigene Scheide einführt, während ich ihren Kitzler reize.

»Tu es ganz langsam und zärtlich«, bittet Mel.

»Okay, mein Schatz. Ich tu alles, was du sagst.«, entgegne ich.

Ich beginne damit Melanie an beiden Unterleibsöffnungen gleichzeitig zu verwöhnen. Diese lässt ihre Zunge vor Geilheit über ihre eigenen Lippen wandern.

»Komm nach vorne!«, fordert Mel.
Ich entferne meinen Finger aus dem Po der Freundin und gehe nach vorne. Mel küsst mich.
»Und jetzt mach es mir ganz schnell.«
Ich komme dem Wunsch meiner Mitschülerin nach. Diese schreit ihre Lust nun Himmel hoch jauchzend raus. Sie stöhnt so laut, dass ich ihr ihre eigenen Finger in den Mund stecke, damit die Nachbarn nicht gleich an die Wand des Reihenhauses klopfen. Dann kommt die Melanie. Sie verdreht die Augen und ich feuere sie an:
»Ja, komm, los, schrei es raus, lass dich gehen!«
Und Melanie entspricht diesem Wunsch. Sie schreit so laut es ihre Stimmbänder hergeben. Es kommt mir so vor, als würde sie gar nicht mehr aufhören. Dann nimmt sie tief Luft:
»Puh, war das geil!«, stellt sie mit schwerer Atmung fest, grinst und küsst mich.
Wir greifen uns gegenseitig an die Pobacken und reiben diese.
»Das müssen wir unbedingt wieder mal machen!«, erkläre ich.
»Ich bin froh, dass du meine beste Freundin bist!«, entgegnet die Brünette.
»Wir werden noch viele geile Stunden miteinander verbringen!«, fügt sie hinzu und wir geben uns erneut Zungenküsse.

Dann trocknen wir uns gegenseitig ab, ich packe meine Sachen zusammen, steige in mein Auto und fahre nach Hause.

IV. Meine ältere Nachbarin

Zwischen Weihnachten und Silvester langweilte ich mich. Meine beste Freundin Melanie war in Österreich, meine Schwester war bei ihrem Freund und meine Eltern fuhren zu Oma Erna ins Krankenhaus nach Hamburg, wo die Dame lebte.

Ich hatte das Haus also für mich alleine und noch immer hatte ich den letzten Schultag im Kopf - die geile Sache mit Melanie.

Um dies nun ein weiteres Mal erleben zu können, meldete ich mich in einem der zahlreichen Sexchats an, die es gibt. Ich fand sogar einen regionalen Chat, indem nur Saarländer und „Pälzer" angemeldet waren.

Hier lernte ich eine große Anzahl mehr oder minder perverser Leute kennen, mit denen ich mich verabreden konnte.

Irgendwie war ich zu dieser Zeit auf dem Trip, dass ich nur Frauen daten wollte. Es hätte zwar genug Männer gegeben (mehr als genug), aber ich wollte eine Frau – und zwar eine Frau-Frau. Kein Mädchen, kein Girly, sondern eine Frau. Ein Vollweib.

So kam es, dass ich eine nette Dame kennenlernte, die in dem Hochhaus am Ende unserer Straße wohnte. Die 60-jährige Hilde hatte

großes Interesse mich kennen zu lernen, da sie es liebt, junge Mädchen zu verwöhnen. Sie beschreibt sich als 1,70 Meter große, 98 Kilogramm schwere Frau. Nackt würden ihre Brüste etwa bis zu ihrem Bauchnabel herunterhängen und ihre Wampe würde sich, wenn sie sitzt, in zwei große Ringe aufteilen, die ebenfalls in der Höhe des Nabels getrennt sind. Ihre Schamhaare wären normalerweise abrasiert, aber im Moment würden die schwarzen Härchen gerade wieder etwas nachwachsen. Ihre Brustwarzen und Höfe seien für eine Frau mit so großen Brüsten, wie sie sie ihr Eigen nennt, eigentlich normal groß. Sie habe kleine Schamlippen, die durch ihre mächtigen Oberschenkel auch dann verdeckt sind, wenn sie die Beine, soweit sie kann, auseinander streckt. Ihre Haare hat sie rot gefärbt. Seit gut 40 Jahren ist die 60-jährige mit ihrem Mann Heinz verheiratet. Aus dieser Ehe sind zwei Kinder entstanden. Ihr Sohn Thorsten ist ein 23-jähriger Student, der gerne mal Autor werden will -
ja, das war DER Thorsten! (Siehe "Meine Herrn und ich") -
und ihre Tochter Margit ist 28. Oft hatte sie sich früher vorgestellt, wie es wohl wäre, wenn sie es mit ihrer Tochter treiben würde. Da dies aber vom Gesetzgeber her verboten ist, hatte sie das nie getan. Da sie diesen Trieb aber trotzdem ausleben möchte, versucht sie sich über Chats

und Kontaktanzeigen an junge Mädchen, in meinem Alter, ranzumachen.
Nach einer kurzen Absprache, was wir nun wollen, verabreden wir uns abends in Hildes Wohnung. Ich verlangte, dass Hilde mich nicht als ihre Tochter bezeichnen darf. Nachdem sie dies akzeptierte, schickte ich ihr noch ein Foto von mir, welches der älteren Dame sehr gut gefiel, und so sagte diese einem Treffen mit mir zu.

Etwa drei Stunden später klingele ich an Hildes Tür.

Als die ältere Frau öffnet, trägt sie Kleidung, die für eine Frau ihres Alters angemessen ist. Eine rote Bluse und einen weißen BH, der die stark hängenden, großen Brüste gerade noch so in Form halten kann. Dazu hat sie eine beige Seidenhose angezogen. Darunter hat sie sich mit einem großen, weißen Slip und einer braunen Strumpfhose gekleidet.
Sie bittet mich in die Wohnung einzutreten. Wir setzen uns im Wohnzimmer auf ihre rote Ledercouch. Ich setze mich direkt neben Hilde und diese legt ihren linken Arm auf meine Schulter.
»Hast du schon öfter solche Treffen gehabt?«, beginnt meine Gastgeberin.

»Nein, das ist heute das erste Mal.«, erkläre ich.

»Aha!«, freut sich Hilde und streichelt meinen Nacken.

Ich lege meinen Kopf auf ihre rechte Brust.

»Du bist so herrlich weich, wie ein Schmuseteddy.«, schwärme ich.

»Möchtest du meine Titten mal anfassen?«

»Gerne!«, erwidere ich.

Hilde öffnet ihre Bluse und nimmt ihre rechte Brust aus dem Körbchen. Ich muss den mächtigen Busen mit zwei Händen greifen. Dann beginne ich an dem Nippel zu saugen.

»Das fühlt sich so geil an. Saug fester!«, bittet die Ältere und streichelt mir durchs Haar.

Ich setze sich nun auf den linken Oberschenkel meiner Gastgeberin. Dann küssen wir uns. Ganz tief steckt Hilde ihre Zunge in meinen Mund. Wir züngeln etwa eine halbe Minute miteinander, dann erkundigt sich die rothaarige Frau:

»Willst du mir auch mal deine Brüste zeigen?«

Ich grinse und sage:

»Bedien dich!«

Gesagt - getan. Schon liegt mein Oberteil auf dem Boden. Dann rücke ich näher an die Mutter heran.

»Die sind so schön!«, bemerkt Hilde und streichelt mit fasziniertem Blick meine Hügelchen.

Sie liebkost die beiden abwechselnd mit ihrem Zeigefinger.

»Deine Nippelchen werden ja schon hart.«, freut sich die 60-jährige.

»Du machst mich ja auch total geil!«, bemerke ich.

Nun beginnt die Rote ihrerseits an den Brustwarzen zu saugen. Ich stöhne:

»Das fühlt sich toll an.«

»Hat das denn noch nie jemand bei dir gemacht?«

»Doch, aber nicht so - - hör nicht auf! Mach weiter!«

Hilde tut es.

Während diese sich also mit meinen Nippeln befasst, beginne ich ihre Muschi und insbesondere ihren Kitzler zu reiben. Dabei werden ihre Laute immer gefühlvoller und schneller.

»Du bist ja eine ganz scharfe Stute!«, haucht Hilde.

»Du hast mich total geil gemacht!«, entgegne ich.

»Komm, leg dich mal mit dem Rücken auf die Couch.«, sagt die Dicke und wartet darauf, dass ich ihrer Bitte nachkomme.

Dann zieht sie mir das Röckchen aus. Ich grinse.
»Was tun wir denn jetzt?«, erkundige ich mich.
Hilde lächelt:
»Du bist ja schon ganz feucht.«
»Oh ja.«
Die 60-jährige beginnt mich zu lecken. Nur ganz kurz lässt sie ihre Zunge an meine Schamlippen anstoßen und reizt meinen Kitzler mit ihrem Daumen. Bei jeder Berührung stöhne ich gefühlvoll.
»Komm, mach schon. Leck mich richtig!«, flehe ich.
»Moment, nicht so schnell!«, entgegnet Hilde schelmig.
Mit ihrer linken Hand greift sie nun nach meiner vorderen Unterleibsöffnung, während sie sich mit ihrem Kopf meinem Gesicht nähert. Wir küssen uns wieder, als Hilde einen Finger in mich einführt. Immer wieder bewegt sie diesen rein und raus, hin und her. Ich öffne nun den BH meiner Partnerin und befreie so auch die zweite Brust von dem Dessous. Mit beiden Händen greife ich nach den zwei riesigen Hügeln und spiele mit ihnen. Ich reibe sie, drücke sie aneinander, greife nach den Nippeln, ziehe daran und bewege die Kugeln. Dann zieht Hilde ihren Finger aus meiner rasierten Pussy. Dieser ist ganz schleimig.

»Hast du das schon mal im Maul gehabt?«, fragt sie und hält mir den Finger vor den Mund.

»Das schmeckt gut.«, fährt sie fort.

»Dann leck es doch sauber.«, hauche ich, greife nach dem Finger und halte ihn ihr vor die Lippen.

Hilde öffnet diese nun, führt den Finger ein und saugt daran. Als dies geschehen ist, nimmt sie ihn wieder heraus, sieht ihn an, führt ihn erneut in ihren Mund ein und leckt diesen ein weiteres Mal ab. Dann lächelt sie mich an:

»Willst du nicht auch mal meine Muschi lecken?«

»Ich würde viel lieber mal deinen Po lecken!«, erwidere ich.

Hilde steht auf, zieht ihre Hose aus und als sie diese gen Boden gleiten lässt, rutscht ihr gewaltiger, faltiger Bauch ein gutes Stück nach unten.

»Komm, wir tauschen die Plätze.«, schlägt die Mutter vor.

Ich stehe auf und sie kniet sich auf das Möbel. Der gewaltige Hintern der Frau ist fast viermal so breit, wie mein Kopf. Ich hatte Mühe die beiden Backen auseinander zu drücken und ihre Analöffnung zu entdecken. Nachdem ich zu ihrer Rosette vorgedrungen bin, erkundigt sie sich:

»Wie schmeckt`s dir denn?«

und reibt sich die eigene Muschi mit zwei Fingern ihrer linken Hand.

»Es schmeckt und duftet herrlich!«, erkläre ich.

Kurz darauf fahre ich mit einem Finger in ihren Po hinein. Hilde stöhnt.

»Nimm noch einen zweiten hinzu«.

Ich gehorche. Ich bewege meine beiden Fingerchen im Po hin und her, während sich Hilde ihrerseits mit den eigenen im vorderen Teil ihres Körpers verwöhnt. Hildes Laute werden immer intensiver.

»Du bist ein geiles Luder, du bist ein richtig geiles Luder.«, sagt sie immer wieder.

»Ich habe da noch eine Gurke in meiner Handtasche, die ich auf dem Weg hierher noch schnell gekauft habe.«, erkläre ich, »Soll ich die mal holen?«

»Oh ja, das wäre so geil.«, entgegnet die 60-jährige.

»Okay, ich komme gleich wieder.«

»Moment bitte noch! Mach es mir vorher noch zu Ende!«, fleht Hilde.

Ich gehorche.

»Oh, ja - ja – ja.«, kommt es ihr lustvoll aus dem Mund.

Immer schneller bewege ich meine Finger rein und raus. Hilde steckt sich nun die ganze Hand in ihr feuchtes Paradies. So etwas hatte ich vorher noch nicht gesehen.

»Boah, bist du eine geile Schnecke!«, sage ich begeistert.

Hilde schwebt bereits im siebten Himmel und geht gar nicht mehr auf meine Bemerkung ein.

»Schneller, schneller, ja, ja, hör nicht auf!«, stößt sie aus, »Komm schon du kleine, geile Schnalle. Fick meinen Arsch!«

»Ja, ich mach`s dir. Jetzt komm schon, du ...«.

Langsam überkommt es Hilde, die ihren massigen Körper nun vor Erregung hin und her schleudert. Es fällt mir schwer meine Finger im Spiel zu lassen. Dann hat die 60-jährige Mutter ihren Höhepunkt erreicht. Ganz laut schreit sie ihre Lust heraus. Noch nie habe ich jemanden in der Realität so aus sich rausgehen gehört, wie diese alte, mollige Dame.

Als sie ihren Orgasmus erlebt hat, legt sie ihren Kopf, sichtlich außer Puste und erschöpft, gegen die Lehne der Couch.

»Hui, war das geil!«, schnauft Hilde erschöpft, als ich mich auf den Schoß der Frau setze und ihr übers schweißbedeckte Gesicht fahre.

Ich greife nach meinem Top und wische Hilde damit über den hochroten Kopf. Als das

Kleidungsstück die Nase der rothaarigen Frau erreicht, nimmt sie einen tiefen Zug.

»Du duftest so gut, Esther!«, lobt sie.

Ich entferne das weiße Oberteil nun und lege es wieder auf den Boden. Ich sehe Hilde tief in die Augen. Wir küssen uns leidenschaftlich. Sehr intensiv und lange spielen unsere beiden Zungen miteinander. Ich umarme meine Partnerin und drücke mich ganz fest an sie.

»Und was ist nun mit der Gurke?«, frage ich.

Hilde sieht mich einen Moment lang an.

»Mit der werden wir uns jetzt beschäftigen. Ich bin noch lange nicht fertig.«, fährt die Dicke fort.

Als ich aufstehe, gibt mir Hilde einen leichten Schlag auf den Po. Dann hole ich meine Gurke aus der Tasche an der Garderobe. Sie ist gut 50 Zentimeter lang und etwa sieben Zentimeter dick.

»Die ist ganz schön kalt!«, bemerke ich.

»Das haben wir gleich.«, sagt Hilde, nimmt mir das Gemüse aus der Hand, trägt es in die Küche und stellt sich zwischen den Tisch und das Spülbecken. Sie spreizt ihre Beine, öffnet ihre Möse mit einer Hand und mit der anderen hält sie das Gemüse unter ihre Körperöffnung. Dann beginnt die ältere Dame auf die Gurke zu strullern. Ich bin begeistert und mache mich sofort auf den Weg zu ihr. Ich knie mich vor sie hin und halte mein Gesicht unter die grüne Stange und nehme den Urin mit meinem Mund auf. Ich spucke ihn gegen Hildes Beine, lasse ihn an mir herunterlaufen und sammel ihn mit meinen Händen auf, um ihn dann an meinem Oberkörper zu verreiben, was Hilde mit großer Verzückung wahrnimmt.

»Siehst du, so bekomme ich mein Gemüse warm!«, stellt sie zufrieden fest und öffnet eine Schranktür unter ihrem Spülbecken, »So, jetzt nehmen wir noch das Salatöl und dann kann es losgehen.«

»Was hast du damit vor, Hilde?«

»Das wirst du schon sehen.«

Sie nimmt es heraus und reibt sich die Hände damit ein.

»Leg dich da in meine geile, warme Pisse und mach die Beine breit!«, fordert die Mutter.

Ich gehorche. Nun nimmt Hilde ihre, mit dem Öl verschmierten, Hände, und führt vier Finger in meine Scheide ein. Ich beginne sofort lustvoll zu stöhnen. Siebenmal reibt die Alte durch meine Muschi, dann nimmt sie ihre Finger wieder heraus und greift nach der Gurke. Hier lässt sie nun ebenfalls etwas von dem Öl darüberlaufen. Als ich dies sehe, bekomme ich strahlende Augen.

>»Du willst doch nicht etwa ...«, beginne ich mit einem breiten Grinsen im Gesicht.
>»Doch, das will ich.«, entgegnet Hilde ebenso glücklich blickend, »Leg dich hin.«, fordert die Mutter.

Jetzt nimmt sie das Gemüse und ganz langsam steckt sie es in meine Vagina.

>»Hat es dir schon mal jemand so gemacht?«
>»Nein, so ... hat es mir ... noch niemals ... einer besorgt«, sage ich immer wieder mit kleinen Pausen, um meinen Emotionen freien Lauf lassen zu können, »Tiefer!«, fordere ich.

Immer wieder fährt Hilde mit dem grünen Lustspender hin und her. Zusätzlich beginnt sie das Naturgewächs zu drehen und ich werde immer lauter. Hilde, die vor mir aufrecht steht, wird bei meinem Anblick wieder ganz feucht zwischen den Beinen. Ich bin nun so erregt, dass ich mit meinen beiden Händen ebenfalls nach der Gurke greife, um Hilde bei der Geschwindigkeitsregulierung zu helfen. Die alte Frau spürt nun, wie sie erneut richtig geil wird. Ich schreie meine Lust voll raus.

>»Ja mach, Kleines, schrei es raus!«, feuert sie mich an.

»Ja, ja, mach weiter!«, fordere ich.
Dann hat Hilde eine Idee.
»Warte mal kurz.«, unterbricht sie.
Hilde legt sich nun vor mich.
»Komm mal näher an mich heran.«, fordert sie von mir.
Wir liegen nun quasi Vagina an Vagina in ihrem Sekt. Dann führt sich die Mutter das andere Ende des Gemüses in ihr Loch ein und bewegt es mit ihrer Hand immer wieder hin und her. Dabei sehen wir uns tief in die Augen und brüllen uns unsere Lust gegenseitig ins Gesicht.
Es dauert nun nicht mehr lange, bis wir beide in einer Welle von Orgasmen versinken. Wir schreien uns gegenseitig an, als es uns überkommt. Immer schneller wird das Gemüse bewegt. Je lauter wir stöhnen, umso intensiver wird das Gefühl in uns. Dann passiert es. Wir haben unser Wunschziel erreicht. Wir kommen zur selben Zeit zu unserem Höhepunkt. In einem gigantischen Lustschrei beenden wir dieses geile Sexspiel. Wir sinken beide mit dem Rücken in den Sekt und bleiben erschöpft, und nach Luft ringend, liegen.

Nach einer Weile fangen wir an, uns den Natursekt gegenseitig von der Haut zu lecken, bevor uns dann in die Dusche begeben und uns anschließend für weitere feuchte Treffen verabreden.

V. An der Uni

Wir befinden uns an unserer Universität. Gerade ist die letzte BWL-Klausur des 9. Semesters geschrieben worden, die über die Zulassung einiger Studenten zur Abschlussprüfung entscheidet. Zwei der Studentinnen, bei denen es hier um Alles oder Nichts geht, sind Melanie und ich. Wir stehen beide auf der Kippe und müssen jetzt mindestens eine 2,3 geschrieben haben, um die Zulassung zu erhalten. Dementsprechend erleichtert sind wir, als wir die Klausur, mit einem positiven Gefühl, hinter uns gebracht haben.
Melanie und ich begeben uns zur Toilette.
»Wie war es denn bei dir?«, frage ich meine Freundin.
»Es könnte gelangt haben.«, erwidert Melanie, »Und wie war`s bei dir?«
»Ich bin mir auch relativ sicher. Nur schade, dass wir jetzt noch gut sechs Wochen auf das Ergebnis warten müssen, »Die Warterei macht mich bestimmt verrückt.«
»Ja, ja, das ist immer schlimm!«, bestätigt Melanie, »Na ja, die Zeit wird es zeigen!«, fährt sie fort.
Nun betreten wir eine der Toilettenkabinen.

»Ich mach zuerst.«, erkläre ich, öffne meine enge, blaue Jeans und als ich diese nach unten ziehe, geht mein weißer Stringtanga gleich mit runter.

»Du bist ja gar nicht rasiert!«, bemerkt Melanie erschrocken.

»Also, wo du immer direkt hinsiehst!«, empöre ich mich.

»Warum hast du das denn nicht gemacht?«

»Keine Lust, kein Freund, kein Sex!«, erkläre ich.

Ich setze mich nun auf die Schüssel und beginne mein kleines Geschäftchen zu verrichten.

»Zeig mir mal deine Pussy!«, fordere ich lächelnd von Melanie.

Sofort öffnet sie ihre enge, schwarze Jeans und als sie diese runterzieht bemerke ich, dass sie kein Höschen trägt.

»Also, das ist ja wohl die Höhe, Fräulein!«, empöre ich mich pinkelnd, »Du bist mir ja eine kleine Sau! Du trägst ja gar kein Höschen!«

In diesem Moment bemerken wir, wie sich die Tür für die Mädchentoilette schließt. Dann können wir Schritte hören.

»Na und!?«, erwidert Melanie ungeniert, »Vielleicht kommt man ja mal in eine Situation, in der es schnell gehen muss und dann bin ich froh, wenn ich nix darunter trage. Außerdem sage ich ja auch nix, dass du deine Dinger einfach so, ohne BH, der Schwerkraft überlässt, oder!?«

»Da kann ja auch nix passieren, oder?«

»Und wie war das letzte Woche? Als es plötzlich anfing Bindfäden zu gießen? Da gab es kaum etwas, was man nicht gesehen hat! Deine spitzen Nippel ragten ja gut so ein Stück (sie zeigt übertriebene 35 Zentimeter) in die Welt hinaus.«

»Tja, wenn man es hat, kann man es ja auch zeigen, oder?«, entgegne ich.

»Ooh!«

»Reg` dich nicht auf, Mel. Dafür kann bei mir keiner kommen und dass da machen!«

Während ich dies sage, strecke ich meinen Zeigefinger aus und reibe damit über die Muschi meiner vor mir stehenden Freundin.

»Was machst du denn da?«

»Das war eine spontane Eingebung!«

»Du bist mir ja vielleicht ein verrücktes Huhn.«, erwidert Mel kichernd, »Jetzt lass mich mal sitzen, ich muss auch mal ganz dringend.«

»Moment.«, fordere ich, stehe auf und betätige die Spülung, »Hast du schon mal im Stehen gepinkelt?« frage ich.

»Nicht in eine Schüssel – du?«

»Ja, ich hatte aber Probleme mit dem Zielen.«

»Naja, dann werde ich jetzt mal versuchen, es besser zu machen.«

Sie stellt sich ganz nah an die Toilette ran.

»Du wirst schon sehen.«

»Du solltest deine Hose lieber ganz ausziehen, falls dir etwas das Bein runterläuft.«

»Da iss was dran.«, gibt sich Mel gelehrig und zieht ihre Schuhe, Strümpfe und Hose aus, »Jetzt aber!«

Ich sehe ihr von hinten rechts über die Schulter.

»Konzentrier dich, konzentrier dich, damit dir ja kein Tropfen daneben geht! Konzentration!«, äußere ich und massiere meiner Freundin dabei die Schultern.

»Ja, ja, es kommt ja schon.«

»Das sieht ja vom Ansatz her ganz gut aus.« lobe ich fachmännisch, »Konzentrier dich! Konzentration!«

»Ha! Es klappt! Ich kann es!«, sagt Melanie, während ein starker, gelber Strahl genau in die Mitte der Schüssel läuft.

Doch nun greife ich der Urinierenden mit beiden Händen an den Po. Mel erschreckt sich, macht einen Satz nach vorne und schreit:

»Bleib mir von meinem Arsch weg, du alte Lesbe!«

Jetzt klopft es von außen an die Toilettentür.

»Was ist denn da drin los?«, fragt eine Frauenstimme vor der Toilettenkabine.

Wir erschrecken uns und sehen uns entsetzt an.

»Oh! Das ist ja die ...«, sage ich nervös.

»Ja, das ist sie!«, bestätigt Melanie.

Die Frau vor der Toilette ist unsere BWL-Professorin, die schon die ganze Zeit vor der Tür stand, und unseren ganzen Quatsch mit angehört hat.

»Öffnen Sie sofort die Tür, meine Damen!«

Ich war so aufgeregt, dass ich dies umgehend tat, und als die Lehrerin einen Einblick in die Kabine erhält, sieht sie die Hose, Strümpfe und Schuhe von Melanie, neben der Toilette, auf dem Boden liegen.

»Was sollte denn das hier werden, meine Damen?«, fragt Frau Professor Jung, so ist der Name der Dame.

»Äh ... ähm.«, äußern wir gleichzeitig.

»Sie glauben wohl, dass das hier eine Sexanstalt ist, was!? Und wo haben Sie überhaupt Ihre Unterwäsche, Fräulein Schneider?«, fragt sie Melanie.

»Die trägt keine, Frau Professor Jung.«, kläre ich die 41-jährige auf.

Diese sieht nun empört zu ihrer Studentin, die verschämt unter sich blickt.

»Sie ziehen sich sofort an und kommen mit mir in mein Büro! Sofort!«, befiehlt sie in einem strengen Ton, schließt die Tür wieder und wartet.

»Siehste, ich habe es dir doch gesagt, dass du mit deiner Freizügigkeit noch mal Ärger bekommst!«

Melanie schenkt meiner Aussage keine weitere Beachtung. Sie zieht sich an und dann gehen wir mit Frau Professor Jung, in deren Büro.

»Schließen Sie bitte die Tür, Fräulein Schneider. Setzen Sie sich beide dahin!«, befiehlt Frau Jung und zeigt auf die beiden Stühle, welche vor ihrem Pult stehen.

Sie selbst setzt sich auf den Tisch.

»Nun, was haben Sie zu Ihrer Verteidigung zu sagen, meine Damen?«

Wir sehen verschämt unter uns.

»Wir haben doch bloß etwas rumgealbert, Frau Professor Jung.«, sagt Melanie leise.

»Ja!«, bestätige ich, »Wir standen so unter Stress wegen der Klausur und da waren wir froh es endlich hinter uns gebracht zu haben.«

»Na ja, ob Sie es hinter sich gebracht haben, muss sich ja erst noch zeigen, meine Damen!«, unterbricht die Professorin meine Ausführungen.

»Wenn ich mir Ihre Noten so ansehe, sind Sie alles andere als souverän in meinem Fach. Also, was sollte das da eben auf der Toilette werden? Wollten die beiden Damen etwa Geschlechtsverkehr praktizieren?«, fragt die Pädagogin, lehnt sich etwas weiter nach hinten und setzt sich nun breitbeinig vor uns hin.

»Wo denken Sie hin, Frau Professor Jung!? Wir sind doch keine Lesben!«, empöre ich mich.

»Und wieso hat Sie das Fräulein Schneider als eine solche bezeichnet, Fräulein de Angelo? Und überhaupt, was ist denn das für eine Einstellung? Haben sie etwa Vorurteile gegen gleichgeschlechtlichen Verkehr zwischen Frauen?«

Wir sehen uns fragend an.

»Sehen Sie mich gefälligst an, wenn ich mit Ihnen rede, meine Damen!«, befiehlt Frau Jung und zieht ihren beigen Rock soweit hoch, dass wir ihr weißes Höschen sehen können.

Wir reißen unsere Augen weit auf und sehen die Professorin fragend an.

»Für das, was Sie da eben getan haben, kann ich Sie von der Uni verweisen lassen, meine Damen! Wollen Sie das etwa?«

Wir schweigen.

»Außerdem ...«, fährt sie fort und greift sich unsere Klausuren, »... sieht es hier auch nicht gerade gut für Sie aus. Was wollen wir denn da nun tun?«

Schweigen im Raum.

»Nun, was ist? Machen Sie mal einen Vorschlag, meine Damen.«

Melanie steht auf, berührt zart den Oberschenkel der Professorin und nähert sich langsam ihrem Gesicht. Kurz bevor ihre Lippen, die von Frau Jung berühren, stoppt sie. Meine Freundin sieht ihr in die grünen Augen und nach kurzem Zögern gibt sie ihr einen Kuss.

»Sie begreifen aber schnell, Fräulein Schneider.«, freut sich die Geküsste und steckt ihre Zunge tief in den Mund ihrer Studentin.

Auch ich sehe keinen anderen Ausweg aus der Situation und knie mich vor das linke Bein der 41-jährigen Blondine. Ich küsse dieses viermal und dann beginne ich das Schienbein der Pädagogin zu lecken.

»Ich glaube, dass wir uns noch heute auf eine gemeinsame Lösung einigen werden.«, haucht Jung erregt.

Sie fährt mir durch die Haare und küsst Mel. Dann öffnet sie ihre hellbraune Bluse.

»Spielt mit meinen Brüsten!«, fordert die Professorin.
Wir tun es. Ich öffne den Büstenhalter, und dann beginnen wir an den Nippeln der Frau zu saugen. Ich links und Melanie rechts. Jung stöhnt. Sie reckt ihren Kopf nach hinten und schüttelt ihre Mähne aus. Noch nie zuvor hatten wir unsere Lehrerin ohne Pferdeschwanz gesehen. Ich unterbreche meine Liebkosung.

»Sie haben wunderschöne Haare, Frau Professor.«

»Danke, Esther. Und du hast wunderschöne Brüste. Die sind mir bereits in unserer ersten Vorlesung aufgefallen. Mit denen würde ich gerne mal über deine Noten sprechen.«, sagt sie verschmitzt grinsend.

Während Melanie weiter abwechselnd die Brüste der Professorin liebkost, ziehe ich mein Oberteil aus und lasse meine Brüste in der Luft herumschwingen.

»Sind das geile Hügel!«, äußert die Lehrerin, »Komm näher! Ich will sie in den Mund nehmen.«

Mel und ich organisieren uns so, dass meine Freundin nun die Muschi der Pädagogin lecken kann und ich breitbeinig über ihr stehe, damit die Wirtschaftsgelehrte meine beiden besten Stücke mit dem Mund berühren kann. Gierig bearbeitet Jung meine rechte Brustwarze mit der

Zunge und beginnt sie zu lecken. Gleichzeitig spielt Melanie brav weiter an der Spalte der Frau. Ich beginne nun ebenfalls damit, mich unten herum zu befingern, indem ich in meinen weißen Tanga greife und meinen Kitzler reize.
So geht das nun eine ganze Weile.
Dann sagt die Lehrerin:
> »Ich will dich jetzt auch mal streicheln, Esther.«
>
> »Aber sicher doch.«, erwidere ich erregt.

Ich ziehe meinen schmalen Slip aus und Jung nimmt ihn mir aus der Hand. Mit beiden Händen greift die 41-jährige nach dem Kleidungsstück und wollüstig hält sie es sich an die Nase und atmet tief ein:
> »Du riechst gut!«, bemerkt sie.
>
> »Vielen Dank! Das höre ich öfter!«, äußere ich.

Melanie ist mittlerweile ebenfalls komplett nackt. Die Lehrerin und ich küssen uns und die ältere Frau steckt einen ihrer Finger der rechten Hand in meine Spalte. Meine Freundin ist weiterhin mit der Vagina der Pädagogin beschäftigt.
> »Achtung!«, bemerkt die 41-jährige kurz und dann läuft Mel ein warmer, gelber Strahl in den Mund und über den Körper. Meine Freundin genießt die Flüssigkeit auf ihrem Body.
>
> »Da steht sie total drauf.«, erkläre ich, während Melanie den Urin schluckt, auf

die Lehrerin spuckt und ihn an ihrem Körper herunter laufen lässt.
Fasziniert sehe ich nach unten. Auch mir laufen alsbald ein paar Tropfen aus dem Körper und als Melanie dies wahrnimmt, nimmt sie auch meine Pisse lustvoll auf.

»Was hältst du von Stellung „69"?«, fragt mich Frau Professor.

»Gerne! Und wo?«, erkundige ich mich.

»Auf dem Pult natürlich!«

Die Lehrerin legt sich mit dem Rücken auf den Tisch, ich strecke ihr meine Lustzone entgegen und lege mich mit meinem Bauch auf den der reifen Pädagogin. Sofort beginne ich mit der Liebkosung der anderen Frau. Bevor sich Jung nun meinem Unterleib hingibt, öffnet sie eine Schublade ihres Pultes und nimmt einen etwa 25 Zentimeter langen Vibrator heraus.

»Steck ihn dir in deine geile Fotze und mach es dir hier vor mir selbst!«, sagt sie zu Melanie.

Diese nimmt den Luststab in den Mund und feuchtet diesen an. Nun beginnt die Lehrerin meine Muschi zu lecken, die immer noch nach Sekt schmeckt. Währenddessen dreht sie ihren Kopf mehrmals zu Mel rüber. Es macht sie total geil zu sehen, wie sie es sich vor ihr stehend besorgt. Melanie bewegt den Luststab nun immer schneller. Dabei verdreht sie die Augen und beißt sich auf die Lippen, damit sie ihre

Erregung nicht lauthals rausschreien muss. Ich bin nun soweit der Lehrerin drei Finger ins Heiligste zu schieben. Sofort beginnt diese noch intensivere Laute des Glücks von sich zu geben.

»Nimm noch einen Finger dazu!«, fordert sie, »Beug dich noch etwas weiter runter, damit ich deine geilen Tittchen ganz auf mir draufliegen habe!«, befiehlt sie weiter.

Ich gehorche.

»Ich muss wieder pissen!«, stöhnt Mel, nimmt den Vibrator aus sich heraus, hält ihn unter sich und lässt ihren Urin darüber laufen.

Das erregt die Professorin noch mehr.

»Los steck mir deine ganze Hand in meine geile Fotze!«, fordert sie von mir und kratzt mir mit ihren langen Fingernägeln über den Po.

Währenddessen strullt Melanie, was das Zeug hält.

»Das macht mich so scharf! Ihr seit zwei richtig versaute Schlampen!«, lobt die 41-jährige.

Ich bin mittlerweile mit der kompletten Hand in der Pädagogin.

»Na, macht Sie das an?«, frage ich Frau Jung.

»Oh ja, das ist herrlich, du bist richtig gut.«, erwidert sie.

Nachdem nun die letzten Tropfen aus Melanie herauslaufen, fordert die Pädagogin:
> »Bring mir den Dildo und dann legt dich in deine Pisse auf den Boden!«

Sie gehorcht.

Mit verdrehten Augen steckt die 41-jährige den Vibrator in ihren Mund, saugt daran und leckt ihn sauber, während die Spenderin sich in ihrem Eigenurin räkelt und dabei an sich selbst herumspielt.

> »Nun werde ich dir den Dildo in deine geile Fotze stecken!«, kündigt die Lehrerin mir gegenüber an, gibt mir zwei leichte Schläge auf den Po und dann wandert der Luststab auch schon in sein feuchtes Ziel.

> »Komm mal her!«, bitte ich Melanie.

Diese kommt zu mir.

> »Mach du mal weiter.«, bitte ich und Mel steckt ihre Hand in die Lustzone der Lehrerin.

Diese besorgt es mir nun, wie ich es schon lange nicht mehr erlebt habe. Mit ihrer freien Hand führt sie zwei Finger in mein enges Poloch. Dabei stöhnt die 41-jährige vor Lust. Immer schneller wird ihre Atmung und sie keucht quasi mit mir um die Wette. Wir schienen uns gegenseitig regelrecht hoch zu schaukeln.

Damit das Ganze nicht zu laut wird, küsst mich Melanie mit der Zunge.

Ich bin nun kurz vor meinem Höhepunkt. Dieser kündigt sich so gewaltig an, dass ich meinen Körper auf den der Lehrerin presse, und mich mit beiden Händen unter der Tischplatte festkralle. Immer schneller keuche ich, immer lustvoller und schwerer wird mein Stöhnen. Dann komme ich. Mein kompletter Körper erbebt, als ich von der 41-jährigen mittels Vibrator und Finger zu einem der intensivsten Höhepunkte gebracht werde, die ich während meiner Studienzeit erlebt habe. Und auch die Lehrerin ist soweit. Ihr ist nun alles egal. Es ist ihr egal, ob sie jemand hört oder ob jemand an der Tür klopfen könnte. Frau Jung hält es nicht mehr ruhig auf dem Tisch, als Melanies Hand ihr Innerstes vibrieren lässt. Sie schiebt den Luststab fest in meine Scheide und nimmt die Finger aus meinem Heckteil. Sie greift mit beiden Händen nach dem eingeführten Arm und zappelt wild mit ihrem Unterleib. Der Orgasmus scheint gar nicht mehr zu enden. Immer wieder zuckt die 41-jährige von Neuem und schreit ihre Lust lauthals heraus.

Dann lässt sie den leicht angehobenen Unterleib erschöpft auf das Pult knallen.

»Seit ihr gut, Mädels!«, schnauft sie völlig außer Puste.

Jetzt nähern wir uns dem Gesicht der Frau. Die eine von links und die andere von rechts. Jung strahlt über beide Ohren und streichelt uns über

die Wangen. Ich fasse die rechte Brust der Frau an und gebe ihr nochmals einen Zungenkuss, während Melanie mit ihrer Zunge die linke Wange der 41-jährigen liebkost.
»Ihr seit gute Studentinnen!«, lobt Frau Jung, »Ich glaube ihr habt euch eine 1,0 für diese Arbeit verdient«.
Daraufhin sehen wir uns freudestrahlend an und legen uns seitlich neben Frau Professor Jung. Nachdem wir noch zirka eine Stunde zu dritt auf dem Tisch lagen und Zärtlichkeiten austauschten trennten sich unsere Wege – leider für immer, da Frau Jung in einem Urlaub, etwa drei Wochen später, von einem Bus überfahren wurde und noch am Unfallort ihren starken Kopfverletzungen erlag.

R.I.P. Frau Professor Jeanette Jung

VI. Mein Nachtisch: Sekt und Kaviar

Es war der letzte Abend vor dem Ende unserer letzten Semesterferien des Studiums. Melanie und ich waren wieder einmal alleine bei mir zu Hause und wir bereiteten uns ein leckeres Abendessen, bestehend aus Lachslasagne und zwei guten Flaschen Wein.
Dies hatten wir uns auch verdient, nachdem wir die letzten beiden Tage damit verbrachten, mein Zimmer neu zu renovieren.
Da ich auch ein neues Bett inklusive einer neuen Matratze und neuem Bettzeug von meinen Eltern spendiert bekam, wollten wir Gelegenheit nutzen und eine schon lange vorhandene Fantasie in die Realität umsetzen.
So gingen wir also nach dem köstlichen Mahl rauf in mein Zimmer und begaben uns in mein altes Bett. Wir hatten die beiden Weinflaschen ausgetrunken, waren also schon etwas beschwingt, und hatten auch zuvor reichlich Wasser getrunken, damit unsere Blasen bis an den Rand gefüllt waren. Weiterhin hatten wir schon lange den Wunsch mit Kaviar, sprich mit dem Inhalt unserer Därme, zu spielen. Wir hatten beide bereits Erfahrungen auf dem Gebiet gesammelt – aber eben nur für uns alleine und nicht gemeinsam oder mit sonst einer anderen Person.

Als wir mein Zimmer betraten, schaltete ich leise romantische Musik ein und wir zogen uns beide gegenseitig bis auf die Unterhosen aus. Ich trug ein rotes und Melanie ein weißes Panty. Dann begaben wir uns in mein Bett. Sofort begannen wir zu knutschen. Wir züngelten und drückten unsere Brüste aufeinander. Ich lag unten und auf dem Rücken, Melanie befand sich auf mir. Dann winkelte sie während unserer Küsserei die Beine an und hob ihren Po etwas in die Luft.

»Sollen wir es unter der Decke machen?«, fragte sie mich.

»Wenn schon, denn schon!«, erwidere ich und wir lächeln uns an, »Musst du denn schon?«

»Oh ja, meine Blase ist kurz vorm platzen.«, klärt sie mich auf und ich greife nach meiner Bettdecke.

Ich decke uns zu und schon kann ich ihren warmen Sekt spüren, wir er von ihren Beinen herab, auf die meinen läuft und den Stoff unter mir in eine nasse Lache verwandelt.

»Das fühlt sich so geil an.«, bemerkt Melanie lächelnd und gibt mir weiterhin Küsse, während sie ihren Strahl in mein Bett laufen lässt.

»Macht es dich auch so geil, wie mich?«, erkundige ich mich bei ihr.

»Davon träume ich schon, seitdem ich mir das erste Mal in die Hose gemacht habe!«, klärt sie mich auf.
»Und wie war das?«
»Was?«
»Das erste Mal, dass du dir in die Hose gemacht hast.«
»Das ist schon einige Jahre her. Damals war ich allein zu Hause und ich wusste, dass meine Eltern erst in ein paar Stunden wieder kamen, da sie auf einem Kabarettfestival waren. Ich habe den ganzen Tag viel getrunken und gegessen und habe es vermieden auf die Toilette zu gehen. Ich war also bis obenhin gefüllt. Dann war es endlich soweit, dass meine Eltern das Haus verließen, und ich mich mit einem alten Panty und einer alten Jeans ins Badezimmer begeben konnte.
Ich ging in die Hocke und ließ es langsam laufen. Erst konnte ich gar nichts besonderes spüren, aber als sich die Jeans und das Panty langsam vollsaugten, und sich unter mir ein kleiner, gelber See bildete, wurde ich sehr erregt. Während ich mich einnässte, begann ich damit, meine Rosette zu öffnen, und eine schöne breiige Masse, aus ihr heraus, in mein Panty, zu drücken und es wurde warm an meinen Po. Da ich zur damaligen Zeit,

wie heute auch, gerne sehr enge Klamotten trug, reichte meine Kleidung nicht aus, um all dem Kaviar Platz zu bieten, weshalb ich mich, nachdem ich den gesamten Sekt aus meiner Blase rausgelassen hatte, dazu entschloss, meine nasse Jeans und mein Panty auszuziehen und auf den Boden zu legen. Die Unterwäsche legte ich in den kleinen gelben See und die Jeans legte ich daneben. Dann hockte ich mich über das blaue Kleidungsstück wischte mir erst einmal mit einem der Beinteile den Po ab und drückte dann den Rest der braunen Masse in meine linke Hand. Als ich eine riesige Wurst herausgepresst hatte, setzte ich mich mit meinem Po in den Kaviar auf der Jeans, und begann damit, den Haufen in meiner Hand, auf meine Möse zu reiben, und als sich diese komplett verfärbt hatte, rieb ich meine Brüste damit ein bevor ich mir dann noch meinen Bauch braun einfärbte. Den Rest, der an meiner Hand kleben blieb, leckte ich vorsichtig mit meiner Zunge ab. Ich machte hierbei die Erfahrung, dass der eigene Kot nicht ganz so ekelhaft schmeckte, wie ich es mir vorstellte. So striff ich mir über meinen Bauch und meine Brust und nahm einen ganzen

Finger voll davon in den Mund und ließ es auf meiner Zunge zergehen.

Dabei wurde ich so erregt, dass ich mich nach vorne zu dem kleinen, gelb-braunen See beugte, und die Mischung aus Sekt und Kaviar auf mir verrieb. Dann nahm ich meinen kleinen Freund, du kennst ja meinen Vibrator „Fred", und führte ihn mir ein. Ich spreizte meine Beine weit auseinander und nachdem ich ihn in meinem Mund, mit etwas von dem, was sich noch darin befand, eingecremt hatte, wanderte er in seinen Bestimmungsort und leistete dort ganze Arbeit. Nach einer Weile änderte ich dann meine Stellungen. Zuerst legte ich mich auf meine Jeans, dann in meine gelb-braune Lache und zu guter Letzt ging ich in die Hündchenstellung und während ich es mir von hinten machte, ließ ich meine Zunge und mein Gesicht in meinem Natursektsee versinken, wo ich dann einen heftigen Orgasmus erlebte.

Als ich fertig war, zog ich das Höschen und die Jeans nochmals an, säuberte den Boden, nicht aber mich und ließ die schmutzigen Klamotten noch einige Stunden an meinem Körper. Ich nässte mich in der folgenden Zeit noch zwei, drei Mal ein und sorgte dafür, dass ich auch weiterhin im siebten Himmel schwebte, bevor ich dann meine schmutzigen Spuren, vorm zu Bett gehen, endgültig beseitigte.«

»Das klingt sehr geil, meine liebe Freundin.«

»Ja, das war es auch. Und wie war dein erstes Mal?«

»Mein erstes Mal war mit einer Windel im Freien! Meine Oma Erna, die ja inkontinent ist, war zu Besuch bei uns und da sie natürlich Windeln trägt und etwa meine Größe hat, borgte ich mir eine aus. Dann ging ich in die Stadt. Es war Winter und man trug dicke Klamotten gegen die Kälte. Also zog ich mir einen dicken Mantel über meine Jeans und mein Top und so konnte ich, von allen unbemerkt, eine Windel tragen, ohne dass dies groß aufgefallen war. Ich ging in einen unserer Supermärkte und stand mitten in dem Laden, als ich dann eine große Wurst und ordentlich Sekt in die Windel füllte. Es war herrlich. Während ich es tat, stand ich an der Wursttheke und kaufte mir zwei Mettwürste. Um mich herum standen gut und gerne zehn Leute und ich machte mir in die Windel. Keiner merkte was, keiner roch was, und ich war so erregt, dass ich es mir am

liebsten vor all den Leuten gemacht hätte. Aber das wäre mir dann doch zu viel gewesen. Naja, das hätte ich mich im Leben nicht getraut.
Also ging ich mit der vollen Windel runter an den Bahnhof. Es war mittlerweile schon dunkel und außer ein paar angetrunkenen Teenagern war niemand mehr an diesem Ort. Also wartete ich, bis mich einer der Jungs ins Visier genommen hatte, und begann damit, meinen Mantel auf den Boden zu legen und meine Hose zu öffnen. Sofort hatte ich seine Aufmerksamkeit erregt und er starrte mich an. Dann war es soweit, dass ich meine Windel öffnete und er kam näher. Er wollte wissen, was ich da mache. Ich erklärte ihm, dass ich meine volle Windel entsorgen möchte und was ihn das denn angehen würde. Dann fragte er, ob ich denn krank wäre, weil ich in meinem Alter noch in die Windel machen würde. Ich erklärte ihm, dass ich auch mit 18 Jahren noch das Recht haben würde, eine Windel vollzumachen, wenn es mir Spaß machen würde. Es gefiel ihm, dass ich so drauf war, und er sagte mir, dass er dann ja wohl mit 21 das Recht hätte, mir auf meinen geilen Arsch zu pinkeln, wenn

ihm danach wäre, und ohne ein weiteres Wort zu sagen, streckte ich ihm mein Heck entgegen, und nachdem er mich vollgestrullt hatte, hatte er mich noch hart von hinten genommen und auch meine braune Rosette auf ihre Kosten kommen lassen.

Dann zog ich mich wieder an und ging nach Hause, wo ich als erstes eine schöne Dusche genommen hatte, bevor ich mich dann wieder mit meiner armen, kranken Oma befasste.«

»Wow! Ich sage es ja immer! Du bist eine Sau! Eine richtig geile Sau!«

»Ich habe nie etwas anderes behauptet, meine liebe Melanie.«

Nachdem wir uns nun von unserem ersten Mal erzählt hatten und in einer nassen, warmen Lache lagen, war es jetzt an der Zeit edlen Kaviar zu verteilen.

»Wie hättest du es denn gerne?«, erkundigt sich Melanie.

»Ich will, dass du mir deinen Kaviar auf den Bauch drückst, während ich in mein Höschen pinkel und du daran saugst.«

»Das wird so nicht funktionieren«, klärt meine Freundin mich auf, »Aber ich kann dir zwischen die Brüste kacken, während ich mich an deinem Sekt labe.«

»Das ist auch in Ordnung.«, erkläre ich.

Dann zog sie ihr nasses Höschen aus und legte es mir vor die Nase, während sie anfing eine große, braune Wurst zwischen meine Brüste zu drücken. Gleichzeitig fing ich an, mir in mein Panty zu pinkeln und sie ging mit ihrem Mund an die Stelle, aus der der goldene Sekt mein Höschen verließ, und saugte ihn auf.

Sie drückte eine ordentliche Portion aus ihrem Leib und ich begann damit, meine Brüste zusammenzudrücken, und sie auf ihnen zu verreiben. Als nichts mehr aus ihr herauskam, drehte sie sich um, und bewunderte ihre Arbeit. Sie nahm ihre beiden Hände und verteilte ihre braune Masse auf meinen Titten und meinem Hals.

»Ich will es schmecken, du geile Sau!«, sagte ich lüstern und sie reichte mir ihre braun verschmierten Hände an meinen Mund.

Gierig beugte ich meinen Kopf vor und leckte ihre Handflächen ab. Das völlig durchnässte Bett tat sein übriges, uns total zu erregen, was dazu führte, dass auch Melanie anfing, an einer ihrer Hände zu lecken und alsbald gaben wir uns wilde, braune Küsse. Wir schmeckten ihren Kaviar in unseren Mündern und wir genossen es uns gegenseitig zu verschmieren. Kurze Zeit darauf waren wir beide total braun an unseren Oberkörpern und wir leckten uns abwechselnd die Brüste und saugten an unseren verschmierten Nippeln. Dann wechselten wir die Positionen. Melanie legte sich mit dem Rücken zum Fußende des Bettes, in die nasse Lache und ich setzte mich nun auf sie. Ich rieb meine nasse Fotze auf ihrem braunen Oberkörper und rutschte dann hinauf in ihr Gesicht und ließ mich von ihr lecken. Ich genoss es sehr ihre Zunge an meinen kaviarbedeckten Lippen zu spüren. Immer wieder wechselte ich zwischen ihrem Mund und ihrem brauen Oberkörper hin und her. Immer wieder ließ ich sie von ihrem eigenen Kaviar naschen, bis ich dann an der Reihe war, etwas von meinem „braunen Gold" zu spenden. Ich wendete Melanie meinen Po entgegen und legte mich auf ihren Bauch. Dann bat ich sie, mir einen Finger in meine Rosette zu schieben, und nachdem sie dies tat, fing ich an zu drücken. Ganz langsam schob ich meinen Darminhalt nach vorne und meine Freundin nahm ihren Finger jedes Mal aus mir heraus, wenn sie spürte, dass etwas braunes an ihrem Finger haftete. Sie schob ihn sich dann in ihren Mund und saugte meinen Kaviar von ihm ab. Dann führte sie ihn wieder in mich hinein. So ging das eine ganze Weile, bis sie es schließlich in ihrem Gesicht spüren wollte. Sie nahm ihren Finger aus mir heraus und erklärte mir, dass sie jetzt die ganze Ladung haben wollte. Also tat ich, was meine Liebste von mir erwartete. Ich rückte noch näher an sie heran, meine Möse berührte nun ihr

Kinn, und dann drückte ich ihr eine ganze Ladung in ihr Gesicht. Ein Teil landete in ihrem Mund und sie begann damit, es zu zerkauen und zu schlucken oder aus ihrem Mund in eine Hand gleiten zu lassen, um die schmierige Masse auf meinem Po zu verteilen. Der Rest, der nicht „verarbeitet" wurde, verteilte sich auf ihrem Gesicht. Weiterhin kam immer mal wieder ein kleiner Schwall Sekt aus meiner Möse herausgelaufen, den sie aber auch dankbar verwendete, oder auf das Bett laufen ließ.

Nachdem ich alles nach draußen gedrückt hatte, drehte ich mich zu ihr um, und sah sie grinsend an.

»Hat es der Dame gemundet?«, fragte ich.
»Vielen Dank der Nachfrage. Es schmeckte mir vorzüglich.«

Dann neigte ich meinen Kopf zu ihr herunter und wir küssten uns. Ich schmeckte meinen Kaviar sowohl in ihrem Mund als auch in ihrem Atem und kam dann auf die Idee, etwas von meinem Po zu nehmen, es zu einem kleinen Klümpchen zu formen und es dann in meinem Mund verschwinden zu lassen. Dann küssten wir uns weiter und das kleine Bällchen wanderte immer hin und her - von mir zu ihr und wieder zurück. Dabei wurde der Kaviar von unserem Speichel immer mehr verflüssigt, bis sich Melanie dann an einem abfallenden Stück verschluckte und heftig zu husten begann. Sofort stieg ich von ihr herunter und klopfte ihr auf den Rücken, damit es besser werden sollte. Sie war wohl kurz vorm Erbrechen, aber dies passierte nicht.

In diesem Moment stellte ich mir vor, wie es wohl wäre, auch diesen Aspekt oder besser gesagt auch diese Spielart zu praktizieren. Aber zu diesem Zeitpunkt kam es dazu nicht, obwohl es mich sehr reizte, solange ich aufgegeilt war.

Nachdem Melanie wieder alles im Griff hatte, bat ich sie, dass sie sich meinen Strapon anzieht und meine kaviarverschmierte Möse ficken sollte. Gerne kam sie meinem Wunsch nach und ich legte mich mit meinem Gesicht in das mittlerweile vollgepinkelte Kopfkissen, und streckte ihr wollüstig meinen Unterleib entgegen. Alsbald führte sie meinen Strapon in mich ein, packte mich bei den Hüften und rammelte mich ordentlich durch. Immer wieder versuchte ich derweil noch einen Rest Kaviar aus mir herauszudrücken, was mir aber nicht wirklich gelungen war, da ich ihr wirklich meine gesamte Ladung ins Gesicht drückte.
Während sie mich hart von hinten nahm, drückte ich mein Gesicht so tief es ging in mein Kopfkissen, um soviel wie möglich, von dem nassen und teilweise auch mit Kaviar bedeckten Stoff, an mich aufzunehmen. So schnell wie

schon lange nicht mehr näherte ich mich einen heftigen Höhepunkt, den man wohl auch noch drei Häuser weiter wahrnehmen konnte, als mich meine Geliebte mit Worten wie: „Du bist meine geile Ficksau, du geile Pissschlampe oder Kaviarnutte, zeig mir, wie geil ich dich mache" in meinen ersten multiplen Orgasmus trieb. Es wollte gar nicht mehr aufhören, in mir zu blitzen und meine Muskelkontraktionen waren kurz davor mir Schmerzen zu bereiten, so heftig waren diese, als ich während meines Höhepunktes, noch etwas vom leckeren Kaviar meiner Freundin in meinem Mund hatte.

Dann ließen ihre Stöße langsam nach, bis sie sich aus mir entfernte und ich mich auf den Rücken drehte und heiße und intensive Zungenküsse, die ebenfalls noch braune Züge hatten, empfing. Dann sollte Melanie auf ihre Kosten kommen. Da der meiste Kaviar, der an unseren Körpern haftete, bereits hart war, suchte ich kleinere Klümpchen auf dem Bett, formte sie zu einer Kugel und feuchtete diese mit meinem Speichel an, um die braune Masse dann auf ihrer Möse und ihrem Po zu verteilen. Dann legte sie sich auf den Rücken, in den unteren Teil des Bettes und winkelte ihre Beine an, damit ich sie mit dem Strapon ordentlich befriedigen konnte. Ich drückte meinen Oberkörper gegen ihre Beine und bewegte den künstlichen Freudenspender tief in sie hinein und sie quittierte jeden Stoß mit einem heftigen Stöhnen. Überall an ihren wohlgeformten Körper konnte ich Kaviarspuren entdeckten, die durch den vielen Sekt leicht glitzerten und einen geilen Duft im Raum verteilten, der uns beiden noch mehr geiles Vergnügen bereitete, als wir es ohnehin schon immer erlebten, wenn wir uns dem gemeinsamen Liebesspiel hingaben. Ebenso sorgte der geile Geruch nach Kaviar und Natursekt dafür, dass wir unsere Höhepunkte viel schneller erreichten als gewöhnlich. Es dauerte noch keine drei Minuten und Melanie, die sich während dieser Zeit immer wieder Kaviar griff und sich im Gesicht verteilte, war im siebten Himmel angekommen. Auch ihre Lustschreie waren ohne Probleme in der gesamten Nachbarschaft zu hören gewesen, da wir wegen des Geruches die beiden Fenster in meinem Zimmer „auf Kipp" hatten.

Nachdem auch meine Freundin, unter heftigen Bewegungen und lautem Gestöhne ihren Höhepunkt erlebte, fuhr ich den Strapon aus ihr heraus und legte mich erneut auf sie. Wir küssten uns und beteuerten uns unsere gegenseitige Liebe. Wir blieben in unserem Kaviar liegen, gingen auch nicht duschen und ließen auch den Rest der Nacht immer mal wieder etwas Sekt nachfließen, wenn es wieder mal Zeit war, unsere „Tanks" zu entleeren. Gegen vier Uhr am Morgen schliefen wir ein und erwachten einige Stunden später aus einem tiefen und ruhigen Schlaf, aus dem uns mein Vater weckte, der Melanie um zehn Uhr nach Hause fahren sollte, da sie gegen 11 Uhr ein Vorstellungsgespräch für ein Praktikum hatte.

Da ich leider keinen Termin hatte, musste ich zu Hause bleiben und ein Gespräch mit meiner Mutter führen, das ich niemals vergessen werde ;-)

VII. Weitere Titel von Esther Kiara de Angelo:
(Stand Mai 2013)

Meine Herrn und ich (Taschenbuch)
Preis: 9,90€ 152 Seiten ISBN: 978-3-8448-1034-9
Auch als Ebook erhältlich Preis: 4,99€

Meine Herrn und ich (Großformat)
Preis: 7,70€ 92 Seiten ISBN: 978-3-8370-5119-3
Inhaltlich mit o.g. Taschenbuch identisch

Esthers Gute Nacht Geschichten
Preis: 3,85€ 32 Seiten ISBN: 978-3-8448-1754-6
Auch als Ebook erhältlich Preis: 3,49€

Sudoku Profi!?
Preis: 3,99€ 80 Sudokus ISBN: 978-3-8370-9863-1

Sudoku Profi!? Band 2
Preis 3,99€ 75 Sudokus ISBN: 978-3-8391-1379-0

Weitere Empfehlungen:

Geschichten des Alltags (Hendrik Jakobsen)
Preis 13,90€ 240 Seiten ISBN: 978-3-8448-1116-2
Auch als Ebook erhältlich Preis: 6,99€

The Fencing Mask Murderer (Jack Miller)
Preis 11,90€ 180 Seiten ISBN: 978-3-8370-3527-8